GOLDMANN

Buch

Eine Geschichte, wie sie sich jederzeit in Bonn ereignen könnte: Der Profikiller mit dem Alias Lingen – der Mann ohne Gesicht – wird mit der Beseitigung gewisser Amtspersonen beauftragt. Sein Auftraggeber: eine Organisation, die in erster Linie mit Kokain und Waffenschiebereien befaßt ist. Deren Auftraggeber: gewisse Ministerialbeamte...

Lingen ist klar, daß dies kein gewöhnlicher Auftrag ist. Nach Erledigung wird er selbst auf der Abschußliste stehen. Ihm bleibt nur eine Möglichkeit: aus dem Hintergrund die Fäden zu ziehen und alle Beteiligten gegeneinander auszuspielen. Dabei kommt ihm nur zustatten, daß der Kreis immer größer wird: ein Spediteur, der hauptsächlich mit Waffen handelt, ein Botschafter, dessen Tochter entführt wird, ein Trupp Möchtegern-Terroristen, der in der Wahl seiner Opfer nicht zimperlich ist, und mittlere Parteibeamte, die skrupellos und schnell nach oben kommen wollen...

Autor

Gisbert Haefs, 1950 in Wachtendonk/Niederrhein geboren, lebt und schreibt in Bonn. Neben seinen Romanen und Kurzgeschichten schreibt er Rundfunkfeatures, Hörspiele und Chansons. Er übersetzt unter anderem Borges, Bierce und Kipling. Einem großen Krimipublikum wurde er durch seine Romane mit dem schwergewichtigen, eigenwilligen Detektiv Baltasar Matzbach bekannt. In seinem neuen Roman *Die Schattenschneise* zeigt er die Fähigkeit, neue Wege im Krimi zu beschreiten.

Von Gisbert Haefs sind im Goldmann Verlag außerdem lieferbar:

Mord am Millionenhügel (5613)
Das Triumvirat (5035)

GISBERT HAEFS
DIE SCHATTEN-SCHNEISE

Kriminalroman

GOLDMANN VERLAG

Originalausgabe

Umwelthinweis:
Alle bedruckten Materialien dieses Taschenbuches sind chlorfrei und umweltschonend.
Das Papier enthält Recycling-Anteile.

Der Goldmann Verlag
ist ein Unternehmen der Verlagsgruppe Bertelsmann

Made in Germany · 4. Auflage · 4/93

Umschlaggestaltung: Design Team München
Umschlagillustration: Loh Productions, Heidelberg
Satz: Uhl + Massopust, Aalen
Druck: Elsnerdruck, Berlin
Krimi 5046
Lektorat: Ulrich Genzler
Redaktion: Sophie von Lenthe
Herstellung: Heidrun Nawrot/sc
ISBN 3-442-05046-4

»Er trieb einen kleinen Finsternishandel.«
Georg Christoph Lichtenberg, *Sudelbrevier*

»... y la vida no es noble, ni buena, ni sagrada.«
Federico García Lorca, *Oda a Walt Whitman*

[Und das Leben ist nicht edel, noch gut, noch heilig.]

»What is the moral? Who rides may read.
When the night is thick and the tracks are blind
A friend at a pinch is a friend indeed,
But a fool to wait for the laggard behind.
Down to Gehenna or up to the Throne,
He travels the fastest who travels alone.«
Rudyard Kipling, *The Winners*

[Was ist die Moral? Wer reitet mag lesen.
Wenn die Nacht undurchdringlich ist und die Wege versacken,
ist ein Freund, wenn es eng wird, ein wahrer Freund,
aber ein Trottel, wer auf den Nachzügler wartet.
Hinab zur Hölle oder hinauf zum Thron,
am schnellsten reist, wer allein reist.]

1

Kurz nach fünf wurde der Himmel schwarzgrau; Martin Krollmann löschte die Arbeitsleuchte und öffnete das Oberlicht. Der Raum stank – heiße Kunststoffassungen, Schweiß, Farben und Tusche. Gegen zwei hatte es kurz geregnet; ein paar Tropfen fielen vom Fensterrahmen auf die schräge Arbeitsplatte, neben das letzte Blatt. Schwarzweiße Illustrationen zu einer dicken Anthologie literarischen Horrors; Krollmann brachte das Ergebnis der Nacht in Sicherheit. Neben dem überfrachteten Rolladenschreibtisch wand sich das weiße Kabel des Sammelsteckers kaum erkennbar über den Teppich. Martin haßte Schlangen; er verzog das Gesicht und schüttelte sich. Nachtfantasie überlappte die Einrichtung. Auf der Staffelei sahen seine müden Augen einen Teil des Umschlagbilds für den Band. Mit grellem lumineszierenden Scharlach gemalte Krebsspinnen krochen aus dem Rachen und attackierten das Zäpfchen; den Rest – ein aufgerissener, gallegefüllter Mund, in Panik und Ekel verzerrt, dahinter der deformierte Kopf – gab Krollmanns Gedächtnis dazu.

Am fahlschwarzen Nordosthimmel zwinkerte ein Helikopter über dem Verteidigungsministerium. Martin reckte den Kopf in die späte Nacht. Die Luft war frisch, trotzdem sommerweich. Südwestwind; er kam von den Feldern zwischen Flerzheim und Buschhoven und durchquerte einen

Ausläufer des Kottenforsts. Krollmann atmete tief. Der Himmel war gerade hell genug, um den Widerschein der wenigen Lichter und Laternen von Volmershoven zu schlukken und Bäume und Felder zu einer vagen schwarzen Masse zu machen.

Ohne Licht ging Krollmann ins Bad, eine halbe Treppe unter dem Dachstudio. Er erleichterte seine Blase, hielt dann einen Moment den Kopf unter den Kaltwasserhahn. Aus der fast schwarzen Küche, noch eine halbe Treppe tiefer, holte Martin eine Flasche Guinness und stieg wieder zum Studio hinauf.

Vor drei Jahren, mit achtundzwanzig, hatte er das Häuschen billig gekauft. Inzwischen bedauerte er das. Damals war es ihm als gute Investition des von der gegnerischen Versicherung gezahlten Schmerzensgelds erschienen – nach dem Motorradunfall. Immer wieder, wenn er sich mit seiner Lage beschäftigte, stellte er die gleiche Rechnung auf: Hätte er irgendwo auf dem Land ein Obergeschoß billig gemietet, statt soviel für Material beim selbstdurchgeführten Umbau des alten Häuschens auszugeben, dann hätte er, zusammen mit den sonstigen Ersparnissen, beinahe schon die für den Flug und die Behandlung nötige Summe zusammen. Aber der wichtigste Faktor in der Gegenrechnung blieb: Damals hatte er nicht wissen können, daß ein Jahr nach dem Unfall amerikanische Ärzte eine Operationsmethode entwickeln würden, die immerhin eine fünfzigprozentige Chance auf Besserung, wenn nicht sogar komplette Wiederherstellung bot.

Das Backsteinhaus stand außerhalb von Volmershoven in einem Waldausläufer unmittelbar an den Gleisen der Bahnstrecke Bonn-Euskirchen. Es hatte – mit dem kleinen Garten – vierzigtausend Mark gekostet und ausgesehen wie eine Kombination aus Bahnwärterhäuschen (unten) und Müllhalde (oben). Nach den Umbauten, die etwa fünfzehntausend Mark für das Material verschlungen hatten, sah es aus wie ein ältlicher Kuhstall mit aufgepfropftem Treibhaus. Wasser, Strom, Installationen, Wände, Zwischendecken, das zur Hälfte gläserne Dach – Krollmann konnte es aushalten und dort arbeiten. Platz gab es reichlich. Über der Grundfläche von fünfzig Quadratmetern hatte Martin eine Art Tiefparterre als Keller und Materiallager ausgebaut; auf halber Treppe ein Vorratsraum; dann Küche und geräumige Wohn-Schlaf-Bibliothek; eine halbe Treppe höher das Bad (die Zwischenetagen jeweils rechts vom Treppenhaus), darüber das große Studio. Er lehnte sich an die Schreibtischkante, gähnte, trank sein Guinness aus der Flasche und blickte durch das schmale Fenster in der hochgezogenen Südwand, die das Glasdach trug. Auf dem schaukelnden Zweig vor dem Fensterbrett hockte eine Elster; sie riß den Schnabel auf und schien den Wind zu verschlingen. Zwischen den Baummassen sickerte lichteres Grau auf die Gleise, ein halbhelles V in der Finsternis.

Der Wagen kam von rechts, von der Hauptstraße her. Mit Standlicht hoppelte er über den vor Jahrzehnten einmal befestigten Feldweg, nur für Anlieger und landwirtschaftlichen Verkehr. Unter den Bäumen wurde er abgebremst. Drei Türen öffneten sich. Das Standlicht erlosch. Drei Männer, von der Innenbeleuchtung umrissen, stiegen aus und gingen zum Wagenheck. Die zweite Innenlampe glomm auf; es war ein Kombi. Die Männer hantierten an etwas auf der Ladefläche herum. Dann zogen sie die Ladung heraus. Einer warf die Heckklappe zu. Sie verschwanden unter den Bäumen, traten auf die Gleise.

Krollmann duckte sich, als einer der Männer mit einer Stablampe die Umgebung absuchte. Erst etwa eine Minute später hob er wieder vorsichtig den Kopf.

Sie hatten den Körper auf ein Gleis gelegt, die Beine nach

Norden, gespreizt, den Kopf nach Süden. Einer der Männer bückte sich und tastete an dem Liegenden herum; der zweite stand unter den Bäumen, der dritte ließ auf eine Geste des ersten hin die Lampe aufblitzen. Der Liegende hatte die Augen geschlossen. Der Tastende war mit der Untersuchung der Taschen fertig; er hielt etwas hoch. Die Lampe erlosch; die Innenbeleuchtung des Wagens ging wieder an, als die Türen geöffnet wurden. Der Kombi fuhr ein paar Meter, setzte mehrfach vor und zurück – der Weg war an dieser Stelle etwas breiter –, wendete schließlich ganz und fuhr unter die Bäume. Dort blieb er stehen.

Krollmann kaute auf der Unterlippe. Seine Knie waren weich. Er schaute auf die Uhr. In wenigen Minuten würde der erste Zug von Bonn Richtung Meckenheim und Euskirchen kommen. Unter den Bäumen stand der Wagen mit den drei Männern. Sie warteten. Er hatte keine Waffe und war kein Held. Er hatte nicht einmal Telefon. Und der Mann da unten war vielleicht längst tot.

Als der Zug etwa zwanzig Meter zu weit endlich stand, war der Wagen unter den Bäumen verschwunden. Die Elster landete auf dem Zweig, legte den Kopf schief und blickte zum Zug, bis dort fuchtelnde Gestalten erschienen. Dann öffnete sie den Schnabel und flatterte in den Himmel, der rosa geworden war.

Die Tochter des Botschafters der Andinischen Republik hielt sich für bestens gestylt und ero-dynamisch fast optimal strukturiert. Unter der schmiegsamen Oberfläche steckte ein eiserner Kern – eher sogar stählern; gestählt durch all die Jahre widersprüchlicher Erziehungsversuche. Der Vater hatte es im Guten versucht, wie er meinte; dann ihrer Ansicht nach im Besseren, indem er aufgab. Die Mutter, vor vier Jahren am Arm eines spanischen Architekten entschwunden nach langwierigen Probeläufen mit italienischen Modisten, französischen Pferdezüchtern und mindestens einem amerikanischen Jazztrompeter, hatte solcherlei Verantwortung immer gern und freimütig delegiert, an Ammen, *nurses*, Gouvernanten, Leiterinnen von Internaten, Direktricen von Pensionaten. Die meisten der Damen, befand Rocío, waren weniger Pädagoginnen als vielmehr katholische Nebelwerfer gewesen. Immerhin, der ständige Wechsel der Bezugspersonen, des Aufenthaltsorts, der Institute und Mitzöglinge hatte ihre Selbständigkeit ebenso gefördert wie ihre generelle Geringschätzung der Erdbevölkerung. Ihr Zynismus war jedoch passiv und äußerte sich nur selten. Meistens hielt man sie für ein besonders apartes, helles, gebildetes und anpassungsfähiges Mädchen.

Ein Teil davon war Routine. Mimikry – Überleben durch äußerliche Anpassung an die Umgebung, ohne jeden inneren Kompromiß. Das polierte Parkett eines Diplomatenempfangs, der Kopilotensitz in der Cessna ihres Vaters, der Asphalt europäischer Landstraßen bei gelegentlichen Ausbrüchen per Anhalter (mit vier Kreditkarten, zur Sicherheit), Bohnerwachs-Schlafsäle in Internaten, Gras am Boden des Pfadfinderzelts, Tanzflächen, Bowlingbahnen, Asche und Bierlachen auf einem Kneipenboden, sie nahm alles mit der gleichen Selbstverständlichkeit, schien immer genau in die Umgebung zu passen und war doch immer sie selbst. Auch hier war es so, in dieser schäbigen Studentenbude im Bonner Norden. Er hieß Carsten; ihre dunkelroten Fingernägel kontrastierten befriedigend mit seiner dunklen Körperbehaarung, und sie haßte sein Laken, das aus irgendeinem widerlichen synthetischen Material bestand. Befriedigung, widerlich, unwichtige Regungen des Moments, der wie alles flüchtig und bedeutungslos war.

Das Tier mit den zwei Rücken. *Le jeu de la bête à deux dos.* Ihre Gedanken fächerten sich auf, Fetzen mehrerer Sprachen trieben durch ihren Kopf. Sie hörte das zweistimmige Keuchen, wie aus der Ferne, irgendwie unbeteiligt. Bald würde die Faust des Körpers nach ihrem Hirn greifen, sie auslöschen, für flüchtige Momente die Frage *wer bin ich* zerquetschen, die Leere im Kern des stählernen Kerns mit Betäubung füllen.

Er gab sich Mühe, wie so viele Deutsche. Statements abgeben, statt zu plaudern, Fragen stellen, statt sie für sich zu behalten, Witze auswendig lernen, statt Bonmots zu machen. Die Sinnlosigkeit analysieren, statt sie mit *savoir vivre* zu umgehen. Alles erklären wollen, statt die Dinge und die Menschen in Ruhe zu lassen. Ruhe lassen. Lassen. Warum sie Rocío heiße? Ein Wallfahrtsort in Andalusien, *nuestra Señora del Rocío*, die Madonna vom Tau. Madonna. Mühe Mühe Mühe. Er wollte erklären, was Carsten bedeutete, wer Carsten war, wer und was und warum und wie und seit wann Carsten er war oder umgekehrt oder anders. Wenn schon, dann lieber nicht. Die Leere. Rocío, Tau; sie wollte nur gefüllt und benetzt werden. Mühe. Madonna.

»Also der erste Familienname ist vom Vater und der zweite von der Mutter?«

»Ja. Ah, Moment, vom Vater der Mutter. Der Vatername.«

Der junge Mann seufzte. »Ich komme noch dahinter. Langsam.«

Rocío lächelte, hob die Decke, umkreiste mit einem scharfen Nagel seinen Nabel.

»Autsch. Mach weiter.«

»Rocío Villalba Contreras. Villalba nach meinem Vater; er heißt Villalba Narváez. Contreras nach der Mutter.«

Der Junge schloß die Augen und genoß ihre Finger. Halblaut sagte er: »Dann ist also immer der erste Name der eigentliche Familienname.«

»Ja. Francisco Franco Bahamonde heißt Franco. Miguel Cervantes Saavedra heißt Cervantes.«

»Uhhh.« Er seufzte und kicherte gleichzeitig. »Sei vorsichtig mit meinem Sancho. – Dann heißt Lorca also nicht Lorca?«

»Er heißt García. Und Márquez heißt nicht Márquez, sondern auch García. Die meisten Spanier heißen García. Wie Schmitz. Oder Müller.«

»Und Andinier?«

»Die heißen nicht alle García. Außerdem sind Namen Schall und Rausch. Oder wie heißt das?«

»Rausch ist gut.«

»Rausch ist besser; am besten der zweite bald nach dem ersten.«

»Ah.«

Er bestand darauf, sie gegen Mitternacht zur U-Bahn nach Godesberg zu bringen, weil sie darauf bestand, in ihrem eigenen Bett zu schlafen. Er war schlank und dunkelhaarig, wie sie, und in der fast leeren Bahn überlegte sie, daß sie eigentlich ganz gut zusammenpassen würden, daß aber auch ein erfolgreicher erster Abend nicht genug sei, um wirklich darüber nachzudenken.

An der Rheinallee stieg sie aus, Endstation; müde und fröhlich ging sie durch die Nacht. Irgendwann war plötzlich ein dunkler Mercedes neben ihr.

»Verzeihen Sie bitte«, sagte eine höfliche, milde Stimme. »Kennen Sie sich hier aus? Ich suche eine Straße.«

Sie blieb stehen. »Ein bißchen. Welche Straße?«

Er öffnete die Tür. »Famplausenallee oder so ähnlich. Das

hat mir jemand aufgeschrieben, und ich kann es nicht richtig lesen.«

Sie lachte. »Famplausenallee gibt es nicht. Kenne ich nicht. Zeigen Sie mal.«

Der Mann trug einen dunklen Anzug, ein weißes Hemd und Krawatte. Kein Grund wegzulaufen. Sie nahm den Zettel, den er ihr reichte und warf einen Blick darauf.

»Ah. Das müßte die Camphausenallee sein. Das ist nicht weit. Da fahren Sie ...«

Die Straße war leer und dunkel. Von hinten legte sich ein Arm um sie, eine Hand preßte ihr ein übelriechendes Tuch auf Mund und Nase. Sie war zu überrascht, um sich ernstlich zu wehren. Chloroform, dachte sie. Da muß noch einer ausgestiegen sein sein sein sein

Etwas stimmte nicht. Als er den Aufzug verließ, sträubten sich seine Nackenhaare. Geräuschlos stellte er die graue Reisetasche auf den Gang, steckte die Rechte in die Tasche des grauen Straßenanzugs und richtete, ohne sie herauszuziehen, die Smith & Wesson leicht aufwärts vor sich. Die Lizenz der Waffe lautete auf Harald Lingen; dieser Name stand auch in seinen übrigen Papieren und auf dem kleinen Messingschild neben der Tür. Er war so gut wie jeder beliebige andere.

Das Apartment lag im vierzehnten Stock eines von vielen gleichen Wohnsilos am Ostrand von Köln. Innerhalb weniger Minuten ließen sich von hier aus mehrere Auffahrten des Autobahnrings erreichen; die Flughäfen Wahn und Lohausen waren nicht allzu weit; es gab Landstraßen hinaus und Stadtstraßen hinein, wenn man es nicht vorzöge oder vorziehen müßte, als Fußgänger oder im Netz der zahlreichen Vorortbahn-, Straßenbahn- und Buslinien zu versickern.

Die Tür des Apartments war angelehnt. Als sie von der Wand zurückprallte, lag der Mann, der sich zur Zeit Lingen nannte, auf dem grauen Teppichboden neben dem Schirmständer. Der auch für derlei Fälle übersichtlich möblierte Raum war leer; der Spiegel über der offenen Tür zum Bad zeigte nur die vertraute Einrichtung. Der Lauf der Waffe beschrieb noch einen Bogen; dann stand der Mann auf, steckte sie ein, holte die Tasche vom Gang, schloß die Tür und sah sich um.

Neben dem Telefon stand eine zum Aschenbecher umfunktionierte Untertasse. Sie quoll über von Kippen. Craven A. Er nahm den Hörer ab; im Display des Telefons leuchtete die absurde Summe von 39999 Gebühreneinheiten auf. Es mochten vielleicht hundert oder hundertfünfzig gewesen sein, als der Mann vor zwei Wochen sein Apartment verlassen hatte. Er fluchte mit zusammengebissenen Zähnen und drückte die Taste für Wahlwiederholung. Die gespeicherte zuletzt gewählte Nummer begann mit 0081. Er notierte sie und wartete. In unendlicher Ferne begann eine freundliche, sanfte Stimme zu sprechen. Er verstand nichts, hatte aber den Eindruck, daß sich der Text mit geringfügigen Abwandlungen wiederholte, unterbrochen von regelmäßigen Pieptönen.

Er legte auf und setzte sich auf das graue Sofa. Der Intensität des Tabakqualms zufolge war vor höchstens einer Stunde die letzte der Zigaretten geraucht worden. Jemand, der Craven A rauchte und sich auf Sicherheitsschlösser verstand – das Türschloß war nicht beschädigt –, der außerdem wußte, wann er spätestens die Wohnung verlassen mußte, um nicht mit Lingen zusammenzutreffen, hatte äußerst ausgiebig mit der automatischen Zeitansage in Tokio telefoniert.

Der Gast hatte vermutlich auf dem Sofa geruht oder geschlafen, ohne es zum Bett auszuziehen. Er hatte Kaffee getrunken; im Müllbeutel fanden sich mehrere Filter mit Kaffeesatz. Die saubere Pfanne lehnte im Geschirrständer neben dem Becken; sie hätte im Schränkchen sein sollen. Im Kühlschrank fand sich noch eines von zehn Eiern; die Pfundschachtel Margarine war fast leer, ebenso die Flasche Cardhu, vor zwei Wochen kaum angebrochen.

Lingen füllte die Kaffeemaschine, kippte die Zigarettenstummel in den Müll und setzte sich auf das Sofa.

Das Telefon klingelte, noch ehe der Kaffee fertig war. Der Mann hob ab, räusperte sich und sagte: »Nett, daß Sie wenigstens gespült haben, Sullivan.«

Der verrückte Ire, den alle Mad Sullivan nannten, war schon lange in Deutschland. Er rauchte Craven A und hatte einmal erzählt, seinen ersten Mord habe man ihm mit drei Shilling neun Pence honoriert. Die Quersumme der Gebühreneinheiten war neununddreißig. Sullivan war die rechte oder linke Hand – das wechselte nach unerfindlichen Gesetzen – eines aus Surabaja stammenden Halbholländers. Dessen mögliche Geschäftspartner kannte Lingen nicht und wollte sie niemals kennen lernen.

»War ich Ihnen doch schuldig.« Sullivan kicherte; ein unangenehmes Geräusch. »Der Cardhu ist übrigens lecker. Natürlich kein Bushmill's, aber immerhin.« Der Akzent war kaum zu hören, eher zu ahnen.

Lingen schwieg. Er lauschte dem Gurgeln der Kaffeemaschine.

»Wir haben da einen Job für den Mann ohne Gesicht.« Sullivan sagte es mit einem leicht hämischen Unterton.

Lingen schwieg weiter.

»Sie wollen ja nicht freundlich mit uns zusammenarbeiten, deshalb mußten wir Sie ein bißchen – überreden .«

»Neuntausendeinhundertneunundneunzig Mark siebenundsiebzig«, sagte Lingen.

»Ist doch ein gutes Argument, oder? Und das quergeschlitzte Mädel hat sooo eine Stimme.«

Der Mann ohne Gesicht schwieg.

»Okay, hören Sie zu«, sagte Sullivan schließlich. »Mijnheer will Sie sehen.«

»Ich ihn aber nicht.«

»Das wissen wir; deshalb ja der Eingriff in Ihre Telefonrechnung. Erstattung plus, wenn Sie übernehmen. Sonst...«

»Was sonst?«

»Wir wissen, daß Sie ein paar Tage in Paris waren.«

Lingen runzelte die Stirn, sagte aber nichts.

»Da ist gerade ein Libanese erschossen worden; stand in der Zeitung. Einer, an den man sonst nicht rankommen konnte. Profiarbeit.«

Der Mann ohne Gesicht bleckte die Zähne.

»Man könnte natürlich irgendwem einen Tip geben. Die anderen haben bestimmt gern eine offene Stelle weniger auf der Rechnung.«

Der Mann ohne Gesicht schlug die Beine übereinander.

»Sie haben dafür zwanzig Große plus zwei für Spesen gekriegt. Wir denken bei dem kleinen Job an fünfzig, plus Spesen. Plus Telefonrechnung.«

Lingen schnalzte leise mit der Zunge. »Paddy, Sie lassen nach.«

»Ja. Aber es gibt keinen Spielraum zum Feilschen.«

»Das meine ich nicht.«

»Was denn?«

»Sag ich Ihnen nicht. Das mache ich mit Mijnheer ab. Wo und wann?«

Sullivan grunzte. »Heute abend. Nach neun. Bei ihm.«

Lingen legte wortlos auf. Immerhin keine melodramatische Aktion mit Treffen im Hinterzimmer eines Billardlokals oder ähnlichem Kinounfug.

Er trank sein Glas leer und streckte sich auf dem Sofa aus. Fünfzigtausend – das war etwas Größeres. Mijnheer hatte nie mehr als zehntausend gezahlt; das hielt Mijnheer für ein angemessenes Honorar für einen Spitzenmann. Lingen sah das anders. Kleine, billige Jobs ließ der Halbholländer von seinen eigenen Leuten erledigen. In der Klasse zwischen zehntausend und zwanzigtausend gab es einige gute Spezialisten. Fünfzig – das war neu. Das ging über Mijnheers Gepflogenheiten hinaus. Das war etwas Großes. Etwas für einen, der eine Spezialaufgabe übernahm und hinterher sicher schwieg. Todsicher schwieg. Der Mann ohne Gesicht bedachte dies. Dann setzte er sich aufrecht und fuhr mit der Hand über seinen Nacken, als ob er Unebenes glätten müßte.

Bis zum Mittag beseitigte er die Spuren, die der Ire hinterlassen hatte, duschte, zog sich um. Sullivan mochte tausend kleine Geräte versteckt haben; Lingen konnte für das, was er tun mußte, sein Telefon nicht benutzen.

Ein grauer Granada folgte ihm langsam um den Block. Lingen hob nicht einmal die Schultern; er »versickerte« routiniert. Taxi zu einer U-Bahn, hinab, auf der anderen Seite wieder hinauf, in einen großen Laden mit mehreren Ausgängen, zum Bus. Als er den Hauptbahnhof erreichte, war er sicher, nicht mehr beobachtet zu werden. In einem kleinen italienischen Lokal nicht weit vom Dom aß er einen Fisch und bat den Wirt um zwei Tips. Er zahlte mit einem Fünfhunderter.

»Stimmt so?«

»Alles bestens, *commendatore. Va bene.*«

Die beiden Stränge, die er aufzuriffeln versuchte, kosteten schließlich einen Tausender, ergaben aber letztlich nicht viel. Das übliche Gerede, die üblichen Informationen, teils zuverlässig, teils unzuverlässig. Der Sarde vom Kiosk verwies ihn an den Vormann einer Kolonne von Fensterputzern; dieser –

Neapolitaner – wußte immerhin, daß Sullivan in den letzten Tagen mehrmals mit einem Herrn vom BDI getafelt hatte. Der Ire und die Großindustrie? Anderen Andeutungen oder Bruchstücken von Auskünften entnahm Lingen, daß Mijnheer seine Finger in den üblichen Dingen hatte: der alte Kanal nach Bonn, zu einem Ministerium; irgendeine Schieberei mit Bauaufträgen im Kölner Südwesten; ein günstiger Brand in einer Diskothek, kurz vor Mitternacht – für Mitternacht war eine Razzia angesetzt gewesen. Mehr von dieser Art, aber nichts eindeutig Verwendbares. Allenfalls die Bau-Mauschelei; Mijnheer hatte normalerweise keine architektonischen Neigungen. Vermutlich war es ein Geschäft auf Gegenseitigkeit – der Halbholländer zog an bestimmten Fäden, jemand erhielt einen öffentlichen Auftrag und revanchierte sich durch Zupfen an anderen Fäden, die Mijnheer nicht selbst in die dicken Finger kriegen konnte. Ein Türke wußte etwas von einem ehemaligen Wach- und Schließ-Mann; dieser redete von einer Tiefbau-Firma und Vermessungsarbeiten. Offenbar sollten in Bonn demnächst einige hundert Millionen an öffentlichen Geldern ausgegeben werden, um dreißig Arbeitsplätze zu sichern und U-Bahn- oder Straßentunnel zu bauen, die keiner haben wollte. Der Besitzer eines Massagesalons und zweier Kneipen, ein noch relativ junger Kölner (Importeur von Thai-Mädchen) wußte, daß ein bestimmter Professor für ein Baugutachten fünftausend Mark und für eine bestimmte Formulierung in diesem Gutachten fünfundzwanzigtausend Mark erhalten hatte; ein schäbiger kleiner Detektiv, der manchmal von Sullivan für schäbige kleine Nebenjobs eingespannt wurde, hatte – nach Auskunft eines Arbeiters im Straßenbahndepot – für Sullivan irgendwen in Bonn bespitzelt, angeblich einen Diplomaten, und war einen Tag nach Erledigung des befristeten Auftrags volltrunken unter einen Lkw geraten.

Lingen hatte den kleinen Detektiv gekannt; ein Männlein mit Spitzmausgesicht, passionierter Jogger und absoluter Antialkoholiker. Als er von seinem letzten Kontaktmann des Tages erfuhr, daß in der Nähe des Unfallorts am fraglichen Nachmittag der Lastwagen einer bestimmten Bonner Spedition alte Büromöbel geladen hatte, nickte er nur.

Das übliche Gemenge und Gemauschel, Klatsch und Klüngel. Jemand – Lingen wußte nicht mehr, wer – hatte gesagt: Mit der Abschaffung der Korruption entzog sich die Justiz jeder vernünftigen Kontrolle. Nun ja; Justiz und Politik arbeiteten längst wieder kontrolliert; nichts an all den Informationen deutete auf besondere Vorkommnisse. Allenfalls der beschattete Diplomat. Leute von Ämtern und Ministerien steckten in nahezu jedem Dreck, aber Diplomaten trieben ihre Spiele normalerweise auf einer anderen Ebene. Sie war zweifellos ebenso schäbig und schmierig, stand aber nur selten mit der Ebene der gewöhnlichen Dinge im Raum Köln-Bonn in Verbindung.

Ohne Selbstgerechtigkeit hielt der Mann ohne Gesicht sich für einen anständigen Killer und wollte sich nicht durch Umgang mit Politikern besudeln. Er kannte niemanden, der je wirklich den Staat geachtet hätte, aber seit Machtantritt des klobigen Pfälzers hatte sich ringsum die Stimmung erheblich geändert – von passiver Geringschätzung zu aktivem Hohn. Anders als die Leerstelle im Kanzleramt (die Formulierung stammte von einem christdemokratischen Kommunalpolitiker) konnte Lingen sich nicht jeden Tag vor dem Frühstück mit einer Flasche Spätlese einnebeln (die Information stammte von einem Journalisten), sondern mußte immer wach sein und für sein Geld hart arbeiten. Derlei Gedanken brachten ihn wieder zu Mijnheer zurück, einem begnadeten Politiker. Lingens Schwester hatte einmal für Mijnheer gearbeitet, fünf Wochen lang, bis eine halbe Minute vor ihrem

Tod. Mijnheer und Sullivan wußten, daß Lingen wußte. Er holte seinen grünen Ascona aus dem Hinterhof in Müngersdorf, wo er ihn vor zwei Wochen abgestellt hatte, und während er in die beginnende Nacht nach Osten fuhr, ins Bergische hinein, bedachte er all dies noch einmal. Zwei Leute wußten, daß er an diesem Abend zu Mijnheer und Sullivan fuhr; das war seine Kurzzeit-Lebensversicherung. Sullivan und Mijnheer würden davon ausgehen, daß er nicht ohne Rückendeckung zum Rendezvous kam. Auf der Autobahn überlegte er, ob er nicht lieber die Telefonrechnung selbst bezahlen und sich von dem Gespann aus Javakröte und irischem Skorpion fernhalten sollte. Wieder sträubten sich seine Nackenhaare. Aber die winzige Chance, nicht selbst der Tote zu sein, lockte ihn. Denn sie bedeutete, daß er vielleicht mit Mijnheers Geld Mijnheers offene Rechnungen begleichen konnte. Und diese Aussicht war bei aller Winzigkeit der Chance zu attraktiv.

»Lorre ist stinkig. Jemand hat uns gesehen.« Filder sagte es mit beherrschter Stimme und ohne die anderen anzusehen.

»O heilige Scheiße.« Der kleine Mann, den sie Pattex nannten, weil er wundersame Dinge mit Sekundenklebern zustande brachte, blickte von seiner Lektüre auf. Der *Express*, Ausgabe Bonn, erging sich in blumigen Details über die »Hinrichtung auf den Schienen«. Pattex faßte sich an die Nase, deren Spitze vor Jahren von einem Messer gespalten worden und nur ungern zusammengewachsen war. »Davon steht hier aber nix.«

Filder, lang, unrasiert und mit schmierigen Strähnen, ließ sich auf einen Stuhl plumpsen. Der Raum war staubig und unaufgeräumt; überall einzelne Kleidungsstücke, Zeitungen, leere Bierflaschen, schmutzige Gläser. Es stank nach Schweiß und schalem Zigarettenrauch. Die Aschenbecher quollen über. An der Wand hing, über einer besonders schadhaften Stelle der Tapete, ein billiger Druck von Rembrandts *Nachtwache* neben Nackedeis aus *Playboy* und *Penthouse*.

»Kannste dir aber doch denken.« Filder zündete sich eine Zigarette an und griff nach der Thermoskanne. Der Becher, in den er den Kaffee goß, war seit der letzten Spülung mindestens dreimal benutzt worden.

»Wieso?«

»Mann, haste denn den Mist in dem Käseblatt da nich gelesen? Von wegen Hinrichtung und so. ›Die Polizei geht davon aus‹ und so weiter. Dabei hätte man den eigentlich für nen Besoffenen halten müssen.«

Pattex zuckte mit den Schultern. »Bei Bullen weiß man nie...«

Der dritte im Raum hatte die Schuhe auf die Tischkante gelegt, schaukelte mit dem Stuhl und reinigte sich die Fingernägel. Dazu benutzte er eine Gabel mit Horngriff. Die an den Lippen schnüffelnde Nase und gewisse Fernsehgewohnheiten hatten ihm den Namen Gonzo eingetragen. Der alte Spitzname Geier war jedoch unvergessen und paßte besser.

»Scheiß drauf. Hat uns eben einer gesehen. Na und?« Er hob den kleinen Finger der Linken, mit besonders langem Nagel, und hielt ihn gegen das Licht, das durch die schmierigen Vorhänge sickerte.

Ettore legte seine *Gazzetta dello Sport* beiseite. Er war klein und drahtig, trug Hundezahn-Jackett und karierte Hose. Seine Tolle war zu aufmüpfig, um zu schmachten. Das linke Ohrläppchen fehlte. »Was schiefgelaufen.«

»Was schiefgelaufen!« Filder äffte ihn nach. »Kannste wohl sagen, Mann. Und die kriegen bestimmt auch noch raus, wie die Fetzen früher geheißen haben.«

Die Tür, die Filder eben hinter sich geschlossen hatte, öffnete sich. Der große, breitschultrige Mann mit quadratischem Schädel blickte finster auf die Versammlung. Die weit auseinanderstehenden Froschaugen glitzerten grau.

»Ich hab's ihnen schon gesagt.« Filder hob die Hand.

Lorre lehnte sich einen Moment an den Türrahmen. Aus dem offenen Kragen des weißen Hemdes quollen melierte Brusthaare, passend zur Struktur des englischen Anzugs. »Ihr seid eine Bande von Idioten. Erst laßt ihr ihn rumbumsen, bis er uns in die Scheiße geritten hat, und dann packt ihr ihn so weg, daß jemand euch dabei beobachten kann.«

Ettore blickte an ihm vorbei. »Herr Ali so gewollt«, sagte er halblaut.

Lorre knurrte irgendwas. »Habt ihr am Ende noch einen von unseren Wagen genommen? Oder von Ali?«

Filder schüttelte den Kopf. »Nee. Wie üblich, Chef.«

Lorre verschränkte die Arme. »Na gut. Aber das muß jetzt schnell bereinigt werden – morgen oder übermorgen, nicht später.«

»Warum nix heute?« Ettore legte die Hände flach auf die Zeitung.

»Heute haben wir andere Probleme.« Er überlegte. »Miete kassieren, in den beiden Bunkern. Das macht Filder. Aber reiß dich am Riemen.«

Filder nickte. Die Quartiere der Gastarbeiter im Bonner Norden waren meistens sein Job.

»Pattex und Ettore. Ihr nehmt den Kombi und fahrt nach Saarlouis. Da ist eine Ami-Lieferung hängengeblieben. Aber laß euch auf nichts ein. Die Einzelheiten hab ich mit denen schon geklärt.«

Ettore nickte; Pattex pfiff leise. »Wieso wir beide? Sonst macht das doch nur einer.«

»Was Größeres. Ziemlich groß. Ich reiß euch den Arsch

ab, wenn was schiefgeht. Am liebsten würd ich selber fahren, aber ich hab was anderes zu tun. – Gonzo.«

Der Geier stand auf, legte die Horngabel auf den Tisch und folgte Lorre ins Büro. Die andern verschwanden durch die Eingangstür.

»Paß auf.« Lorre nahm eine Karte vom Schreibtisch. »Hier habt ihr diesen Unsinn verzapft, stimmt's?«

Gonzo beugte sich über die Karte. »Volmershoven, ja.«

»Da. Da steht ein altes Bahnwärterhäuschen oder so. In dem Ding wohnt ein Mann. Der hat euch gesehen.«

Gonzo verzog den Mund.

»Er hat euch gesehen, und offenbar hat er gute Augen. Jemand ist mit einer Taschenlampe unvorsichtig gewesen, und einen von euch hat der Typ beschrieben. Nicht nur das. Er hat sogar ne Skizze gemacht. Er ist nämlich Maler.«

Gonzo machte mißbilligende Geräusche, irgendwo tief in der Kehle. Als ob die Welt kein Ort für Maler wäre.

Lorre runzelte die Stirn. »Hör auf zu kollern. Also, die Skizze allein reicht nicht, aber sie ist schlimm genug. Sie wird verschwinden; vielleicht macht aber vorher einer ne Kopie. Muß man mit rechnen. Trotzdem – kritisch wird's erst, wenn die mit der Skizze oder der Kopie einen von euch identifizieren und zur Gegenüberstellung holen.«

»Wer von uns isses denn?«

»Weiß ich noch nicht. Ist auch egal. Der Mann, dieser Maler, muß verschwinden, klar? Sauberer Schuß oder so. Keine Gegenüberstellung, keine Beweise. Skizze allein reicht nicht.«

»Woher wissen Sie, Chef? Haben Sie einen bei den Bullen?«

Lorre hob eine Braue. »Egal, wo, jedenfalls weiß ich's. Ich geb dir drei Tage, dann muß das klar sein. Hol dir ne Knarre, die nicht zu uns verfolgt werden kann.«

Gonzo nickte.

Lorre zog eine Schublade seines Schreibtischs halb heraus und entnahm ihr ein Bündel Geldscheine. Er zählte fünf Hunderter ab und schob sie Gonzo hin. »Für Spesen.«

Gonzo nickte.

Lorre wußte nicht genau, woher die Lieferung in Saarlouis stammte, sie mußte aber ziemlich heiß sein. Von einem rudimentär ausgebildeten Mann abzufeuernde Boden-Luft-Projektile des Typs Stinger liegen nicht jeden Tag auf der Landstraße. Der Preis war während des zweiminütigen Telefonats um ein Drittel gefallen; offenbar war alles (die Lieferung enthielt noch mehr, nur erstklassige NATO-Ware) derart heiß, daß die Fingerkuppen des Verkäufers unausgesetzt zischten.

Der Spediteur wußte nicht genau, wohin mit den netten Geräten; aber weder die Unterbringung noch der Weiterverkauf konnten schwierig sein.

Ein Anruf riß ihn aus seinen Grübeleien. Das Telefonmädchen stellte zu ihm durch, da keiner der Speditionskaufleute im Haus war. Jemand wollte umziehen, brauchte einen Kostenvoranschlag, möglichst bis vorgestern. Lorre notierte, stellte ein paar Fragen, vereinbarte einen Besuchstermin für den nächsten Tag, änderte seine Meinung und versprach, gleich selbst vorbeizukommen, wenn es genehm sei. Es war.

Immerhin, dachte er, als er sein Büro verließ, kann man sich als Spediteur ja auch mal wieder um einen Umzug kümmern. Vielleicht bringt es einen auf andere Gedanken.

Er dachte aber, während er zu der angegebenen Adresse fuhr, immer wieder an anderes. Zum Beispiel an Pattex, dessen Gesicht der Maler skizziert hatte; die Beschreibung war eindeutig genug für Lorre, wenn auch – vielleicht – nicht für die Polizei. Pattex bastelte viel, in seiner freien Zeit. Er hatte, soweit Lorre wußte, keine großen Neigungen zu

Frauen oder zu Männern; vielleicht war die Verfertigung eines naturgetreuen Kölner Doms aus einer Milliarde Streichhölzern eine verquere Form der Sexualität. Er wußte es nicht, es war ihm auch vollkommen gleichgültig. Er dachte an eine der zahlreichen Meisterleistungen des Klebers – beim Ausräumen einer vermeintlich vorübergehend unbewohnten Villa war plötzlich der Besitzer aufgetaucht; im Schlafanzug. Pattex hatte die Klobrille mit Sekundenkleber überzogen, den Mann gezwungen, die Pyjamahose auf die Knöchel herabzulassen und ihn dann mit einem leichten Stups zum Stuhlgang gebracht. Einem langwierigen Aufenthalt. Der arme Kerl hatte gesessen, bis die Jungs mit dem Ausräumen fertig waren; dann hatte er die Brille aus der Verschraubung an der Schüssel gebrochen und sich zum Telefon begeben. Später wurde er operiert und konnte danach sehr lange nicht sitzen.

Schade um Pattex.

Seine Exzellenz der Botschafter der Republik Andinien trank wie üblich vor dem Frühstück ein halbes Duralex-Glas mit Brandy (103, Etiqueta Negra), an der hauseigenen Espressomaschine unter gewaltigem Zischen erhitzt. Es ließ ihn dem Rest des Tages mit größerer Gelassenheit entgegensehen. Beim Frühstück – schwarzer Kaffee, Brötchen, Orangenmarmelade, *jamón serrano* (nur mit Diplomatenkurier aus Spanien zu beziehen) und Malossol-Kaviar – überflog er die Vortags-Ausgabe von *El País*, dann mit gleichgroßem Desinteresse den Bonner *Generalanzeiger* und die *FAZ*. Schließlich seufzte er, tupfte sich mit einer Spitzenserviette die Mundwinkel, schob den Stuhl zurück, stand auf und ging in die Diele.

Während er – langwieriges Verfahren – seitlich vor dem

Spiegel stand und die Weste zuknöpfte, räumte Jaime den Tisch im Speiseraum ab. Der ältere Mann – Butler, Gärtner, bei offiziellen Anlässen auch Chauffeur – räusperte sich dezent. Mit dem Tablett in Händen trat er in die Tür, erschien hinter dem Oberkörper-Profil des Botschafters im Spiegel.

Seine Exzellenz hob eine feine Braue.

Jaime (eigentlich hieß er Félix García Ridruejo, aber alle guten Butler müssen James heißen, in welcher Sprache auch immer) setzte das Tablett auf den Mahagonitisch der Diele und trat näher, um seinem Herrn in die elegante Jacke des Florentiner Maßanzugs zu helfen.

»La señorita no está.«

S. E. Ubaldo Villalba Narváez ließ die Information auf sich wirken. Jaime pflückte mikroskopische Staubteile von Schulter und Kragen des Jacketts.

Villalba haßte den Kern der Mitteilung; genauer: die absehbaren Folgen. Seit der Scheidung vor vier Jahren war sein Leben einfacher und angenehmer geworden; die nächtliche Abwesenheit seiner Tochter Rocío (denn wäre sie nur früh am Morgen aus dem Haus gegangen, hätte Jaime nicht gesagt, sie sei nicht da, sondern schon weg) würde Fragen, Übereinkünfte, Modifizierungen der überkommenen Hausordnung, insgesamt Unruhe und Störung nach sich ziehen. Villalba haßte Unruhe. Seine bescheidene diplomatische Arbeit und seine vielfältigen erotischen Allianzen und Verpflichtungen gediehen auf dem Humus häuslicher Ereignislosigkeit.

Wortlos verließ er die Residenz im Godesberger Villenviertel. Er trat gegen den linken Vorderreifen des olivfarbenen Jaguars, ließ sich in den Sitz fallen, knallte die Tür zu und startete hektisch. Der Motor jaulte; dann jaulten die Reifen, als er den Wagen aus dem mit einer Ziegelmauer eingefaßten Hof schießen ließ. Beinahe hätte er einen auf dem Bürgersteig gegenüber stehenden hellblauen VW-Transporter gerammt.

Er registrierte, daß zwei Männer darin saßen; dann mußte er einem Pkw ausweichen, der unvernünftig korrekt auf der für seinen Fahrer rechten Straßenseite fuhr. Villalba ignorierte eine Ampel, die eben auf Rot schaltete, hupte Fußgänger von einem Zebrastreifen, schnitt auf der Rüngsdorfer Straße zwei Radfahrer. Wegen der Baustelle auf der Konstantinstraße – fast hätte er sie vergessen – bog er am Römerplatz ab und jagte einen Wagen der bolivianischen Botschaft durch die enge Rheinstraße. In der Rolandstraße, oberhalb der französischen Botschaft, war sein Unmut verflogen, und als er viel zu schnell um die Marienkapelle quietschte, geschah es eher aus sportlichen Gründen. Er winkte seinem madegassischen Kollegen zu, der mit sorgenvollem Gesicht dem Tagewerk entgegenwanderte, und kurz vor Erreichen der andinischen Botschaft überfuhr er mit Lust eine feiste Amsel.

Seufzend, aber milder im Herzen, lenkte er den Jaguar auf den Botschaftsparkplatz. Er sah einen vertretbaren Kurs vor sich, einen Kompromiß, mit dem man würde leben können. Rocío sollte sich auswärts vergnügen, die Nächte verbringen, wo sie wollte; solange er in der Residenz keine plumpen deutschen Studenten beherbergen mußte, die seine Tochter beschliefen und ihn beim Frühstück zu trister Konversation zwangen; solange er den Tag mit Brandy, Zeitungen und Schweigen beginnen konnte...

Die kleine Botschaft des kleinen Landes verfügte über eine große Glastür. Villalba betrachtete sein durchscheinendes Abbild, bevor der Pförtner öffnete, und er war zufrieden. Schlank, elegant, *top*; mit federnden Schritten betrat er sein Reich.

Seine Sekretärin, eine mollige Blondine, die ihm bisweilen über libidinöse Durststrecken half, begrüßte ihn mit einem angedeuteten Knicks und einem fragenden Blick. Als er den Kopf schüttelte, zog sie einen Flunsch. Vermutlich war sie ernsthaft verliebt; Villalba erwog nicht zum ersten Mal, sich von ihr zu trennen. Andererseits war es angenehm, an lauen Vormittagen von Überdruck befreit zu werden, ohne selbst allzu aktiv werden zu müssen.

Auf dem alten Schreibtisch aus englischer Eibe lagen Papiere. Die Sekretärin würde sie wie immer nach Wichtigkeit und Dringlichkeit sortiert haben, die ödesten ganz unten. Sie brachte ihm den Cappuccino, die Zigarrenschere, das Kästchen und den Aschenbecher und zog sich zurück.

Villalba rauchte einige Minuten lang, mit geschlossenen Augen; er dachte an Rocío und überprüfte seinen Entschluß. Dann legte er die Partagás in den Aschenbecher, nahm einen Schluck aus der Tasse und überflog die Papiere. Nichts von Bedeutung; abgesehen von den unerfreulichen Kontoauszügen.

Vorübergehend würde der Mann, dessen Besuch für zehn Uhr dreißig vorgesehen war, hier Abhilfe schaffen. Villalba schaute auf die kostbare, flache, aufrechte Quarzuhr. Eine Sonderanfertigung für ihn, mit ausgetauschtem Zifferblatt, auf dem das überflüssige *t* aus »Quartz« fehlte. Er seufzte und machte sich über die Papiere her.

Carlo Neumann sah eher aus, als ob er Karlchen Knolle heißen müßte, aber immerhin war er pünktlich. Er wartete, bis die Sekretärin ihm Kaffee gebracht hatte. Als die Tür wieder geschlossen war, öffnete er seine Mappe und legte einen Stoß mehrfarbiger Papiere und einen dicken Umschlag auf den Tisch.

»Was haben wir diesmal?«

Der kleine Dicke grinste. »Saatgut für die Republik Andinien. Und ein bißchen Diplomatengepäck; ein Container.«

Villalba nickte. Den Papieren zufolge – er blätterte rasch, eher um den Anschein zu wahren – kam das gesamte Transportgut aus der Bundesrepublik und sollte in Antwerpen verladen werden. Andinia, via Barranquilla. Irgendein geschmierter Angestellter einer großen Spedition und Zollagentur würde die Papiere, zusammen mit tausend anderen, bei einem deutschen Zollamt abstempeln lassen. Die Waffen lagen natürlich in Belgien, wo sie hergestellt worden waren, und hatten sich niemals auf deutschem Boden befunden. Villalba fand das Verfahren umwegig, aber gerecht. Er blickte mit einer gewissen Zuneigung auf den dicken Umschlag; dann nahm er die beeindruckenden Stempel aus der Schublade und versah die Papiere an den vorgesehenen Stellen mit allen nötigen Vermerken. Die Lieferung, hiermit amtlich für dringend et cetera erklärt, würde vermutlich in Barranquilla oder einem anderen Karibikhafen an Bord eines kleineren, älteren, schäbigen Schiffs geschafft und zum eigentlichen Empfänger gebracht werden. Honduras, Guatemala, El Salvador, Nicaragua...

Neumann ging, mit seinen Frachtpapieren. Villalba wartete einen Moment; dann klingelte er der Sekretärin und bat sie, ihm ein Taxi zu bestellen. Sie betrachtete ihn verwundert.

»Ach so«, sagte sie dann. »Der Empfang.«

Gegen elf Uhr (*c.t.*) erwartete man S.E. in der Residenz eines afrikanischen Gesandten, der Bonn bald verlassen würde. All dies, das Datum wie auch die Lage der Residenz, war günstig und kam Villalba entgegen.

»Ich werde anschließend noch etwas in der Stadt erledigen«, sagte er. Sein Deutsch war makellos. »Ich glaube nicht, daß ich vor fünfzehn Uhr zurück sein werde.«

Als sie gegangen war, öffnete er mit der Elfenbeinklinge den Umschlag. Es mußte sich um eine wertvolle Lieferung handeln; seine »Gage« richtete sich nach dem Wert der Ware. Diesmal enthielt der Umschlag sechzigtausend D-Mark und vierzigtausend Schweizer Franken. Er nahm zehntausend

Mark heraus und steckte sie zusammen mit einigen Zeitungsausschnitten – aus dem hierfür angelegten Vorrat in der Schublade – in einen anderen Umschlag, den er sorgsam zuklebte. Den Rest brachte er zum Wandsafe, aus dem er einen kleinen Lederbeutel holte. Dieser enthielt etwas, das Villalba vor einigen Wochen in Luxemburg erstanden hatte. Es gab noch mehr derartige Säckchen im Safe.

Zurück zum Schreibtisch. Er zögerte einen Moment, dann nahm er den Hörer ab und wählte. Die Vorzimmerdame des höheren Beamten im Justizministerium bestätigte die Verabredung für den Nachmittag.

Kurz vor Mittag verließ er den Empfang wegen unaufschiebbarer Termine. Er schlenderte zwei Straßen weiter und ging durch einen verwilderten Garten. Am Ende des ungenutzten Grundstücks stand eine überwucherte Mauer mit einer rostigen Tür; er stieß sie auf und betrat einen englischen Rasen.

Die Dame erwartete ihn; sie öffnete die Terrassentür des Wohnzimmers und ließ ihn ein.

»Gegen eins kommt ein Handwerker. Die Heizung«, sagte Irene Stein. Sie stellte sich auf die Zehenspitzen und küßte Villalba.

»Dann wollen wir nicht zögern«, sagte er halblaut, als er sich aus der Umarmung befreit hatte. »Auch in der Eile kann Genuß liegen.« Er deutete eine Verneigung an.

Sie kicherte und ging vor ihm her ins Schlafzimmer, schloß das Fenster und zog die Vorhänge zu. Villalba schlüpfte aus der Jacke und legte die Krawatte auf einen Stuhl. Irene Stein stieg aus den hochhackigen Schuhen; auf hauchdünner Seide ging sie in die Küche. Villalba nahm den Umschlag aus der Innentasche der über den Stuhl gehängten Jacke und verstaute ihn in der schwarzen Mappe, die am linken Nachttischchen lehnte.

Madame kehrte zurück, mit einem Pokal voll Champagner. Es war unauffälliger und interessanter, bei diesen Gelegenheiten zu zweit aus einem Gefäß zu trinken.

Gegen halb eins, als sie gerade beide fertig waren, klingelte das Telefon.

»Rücksichtsvoll«, murmelte Villalba.

Sie reichte ihm den Pokal und glitt bäuchlings auf die andere Seite des Betts, um den Hörer abzunehmen.

»Stein.«

Pause. Dann warf sie ihm einen verblüfften, fast zornigen Blick zu und sagte: »Nein, Herr Villalba ist nicht hier. Wer ist denn da überhaupt?«

Villalba setzte sich auf. Er schüttelte den Kopf.

»Moment mal.« Sie deckte die Muschel mit der Hand zu und fauchte ihn an. »Hast du ...? Ein Mann. Er sagt, es geht um deine Tochter.«

Villalba stellte den Pokal ab. Er schluckte. »Ich ... ich bin immer diskret. Kein Wort, kein Zettel, nichts. Meine Tochter? Gib her.«

Der Mann am anderen Ende der Leitung hatte einen kaum merklichen Akzent. Englisch? dachte Villalba. Nicht ganz. Aber er war zu besorgt, um genauer hinzuhören.

»Hören Sie mal zu. Wie Sie bemerken werden, kennen wir Ihre diplomatischen Vergnügungen. Wir wissen noch zwei oder drei andere Dinge.«

»Wer sind Sie?«

»Unterbrechen Sie mich nicht. Seit gestern abend haben wir Ihre Tochter. Rocío.« Er sprach es mit einem englischen *r* aus; es klang wie Rosie-oh. »Wir hätten da eine kleine Bitte an Sie, die Sie uns sicher nicht abschlagen werden. Nur, um ganz sicher zu sein, haben wir eine kleine Demonstration unserer Ernsthaftigkeit vorbereitet. Ich schlage vor, Sie fahren jetzt schnell nach Hause und werfen einen Blick in den Geräteschuppen in Ihrem Garten. Sie hören dann wieder von uns.«

Villalba öffnete den Mund, aber der Mann hatte schon aufgelegt.

»Was ist denn los?«

Er betrachtete Irene Stein, ohne sie tatsächlich zu sehen. »Jemand muß mich beobachtet haben«, sagte er halblaut. Er schluckte. »Erpressung.«

Sie riß die Augen auf und starrte ihn an.

Er nickte. Ohne Eleganz, wie mit einer Bürde auf den schlanken Schultern, stand er von der Bettkante auf. Dann ballte er die rechte Hand und sagte etwas, was sonst gar nicht zu seinem Stil und Vokabular paßte.

»*¡Mierda con salsa verde!*«

2

Die Skizze vom Gesicht des Toten, gesehen bei Nacht und Morgendämmerung und im Licht einer tanzenden Stablaterne, gesehen von einem scharfsichtigen Maler aus etwa fünfundzwanzig Metern Entfernung. Die zweite Skizze: Gesicht eines der Männer, die ihn auf die Schienen gelegt hatten.

»Kopieren, bitte.«

Der Assistent, ein Kilo Papiere unter dem Arm, legte den Stapel ab, legte die Skizze darauf, klemmte sich den Haufen wieder unter den Arm und ging.

»Viel ist es ja noch nicht«, sagte der Mann vom BKA.

»Immerhin genug, um Sie einzuschalten.« Die Stimme des Hauptkommissars enthielt eine Andeutung von Ressentiment, gemischt mit Stolz auf die selbstverständlich, wenn auch ungern, erfüllte Informationspflicht gegenüber der höheren Instanz.

»Erstaunliche Augen, dieser Krollmann«, sagte das BKA.

»Mhm«, sagte die Bonner Kripo.

»Also, wenn die zweite Skizze, die von einem der Täter, so genau ist wie die vom Opfer, dann müßten wir den Mann bald erwischen können. Mir ist nur schleierhaft, was die Mullahs mit der Sache zu tun haben sollen.«

»Er stand auf der Abschußliste. Da muß man mit allem rechnen.«

Der Mann vom BKA nickte und zündete sich die nächste Zigarette an.

»Aber ohne Krollmanns Aussage...«, sagte der Hauptkommissar.

»Ich weiß. Dann wär's nur ein Betrunkener, der über die Gleise stolpert und von einem Zug erfaßt wird. Vielleicht hätte man routinemäßig Fingerabdrücke oder so etwas...«

»Vermutlich nicht. Wir hätten wahrscheinlich eine Autopsie machen lassen. Der Junge war randvoll, bis zur Halskrause. Drei komma acht Promille, schätzen die Mediziner. Alkoholvergiftung. Desorientiert. Unfall.«

»Immerhin. Die Hände waren noch halbwegs heil. Hm. Also eine iranische Abschußliste.«

Der Hauptkommissar verzog das Gesicht. Er mochte »Persisch« und »Persien« lieber; er fühlte sich auch keineswegs verpflichtet, alle Staaten der Welt in der jeweiligen Landessprache zu erwähnen – Tschung-hua statt China zu sagen oder gar Pyi-Daung-Su Socialist Thammada Myanma Naingng-an-Daw statt Burma. »Ja«, sagte er. »Abgebrochener Student. Zeitweilig Mitglied der hiesigen Volksmudschahedin. Hat gegen Khomeini geredet, geschrieben und demonstriert. Einmal vor der Botschaft in Godesberg. Dabei, wenn nicht früher, ist er aus dem Gebäude fotografiert worden. Die Liste haben wir von ein paar persischen Krawallbrüdern aus Mainz. Deshalb haben wir das BKA informiert.«

»Es ehrt Sie.« Kein Sarkasmus. »Trotzdem... ich weiß nicht. Seit anderthalb Jahren keine politische Aktivität, dafür ein kleiner Diebstahl, der ihm nicht nachgewiesen werden konnte. Fingerabdrücke, Zeugen, vielleicht nur zufällige Anwesenheit und Berührung des gestohlenen Wagens im Vorübergehen. Haben wir wirklich keine andere Möglichkeit?«

»Als was?«

»Als in Teheran nachzufragen, ob die vielleicht... Ich

meine, gibt es keine andere denkbare Ursache für diese – na ja, Exekution?«

Der Hauptkommissar breitete die Arme aus. »Spekulieren können wir lange. Mich macht nur eins stutzig. Die Lage.«

»Welche? Die von diesem Kaff? Voll- wie war das?«

»Volmershoven. Nein. Oder ja, die auch. Dieser Ahmed hat zuletzt wohl in Bonn gewohnt. Wenn jemand ihn umbringen will, warum dann nicht Gift, Messer, Kugel in Bonn? Ein Stoß vor die U-Bahn? Irgendwas dergleichen? Wieso ausgerechnet da draußen, auf dieser Bummelbahnstrecke? Und vor allem: Wieso mit den Füßen zum Zug?«

»Wollen Sie auf was Bestimmtes hinaus?«

Der Hauptkommissar legte die Hände in den Schoß. »Jein. Aber es hätte doch völlig gereicht, ihn einfach quer über die Schienen zu legen. Mich erinnert das an alte Märchen – spielt im Orient von Karl May oder so. Da wird einer, der mit der Hand gesündigt hat, an der Hand bestraft. Abhacken. Böser Blick – Auge raus...«

Jemand trat ein, legte einen Aktendeckel auf den Tisch und ging wieder.

»Hier«, sagte der Hauptkommissar, während er den Deckel öffnete, »das sieht doch fast so aus, als ob es Absicht gewesen wäre, daß die Lok diesen Ahmed kastriert, ehe sie ihn zerfetzt.«

Der Mann vom BKA runzelte die Stirn. »Sie denken an Vergeltung für mißbräuchliche Nutzung der eigenen oder fremder Genitalien?«

»Wenn Sie es unbedingt so ausdrücken wollen... Ah. Das ist interessant.« Er schob das Blatt über den Tisch.

»Was ist das? ›Eingehende Untersuchungen am Tatort...‹ Oho. Dann ist unser Ahmed also an den Absätzen und an den Haaren mit einem Sekundenkleber auf die Schienen... Schwellen... Jesses.«

»Das heißt«, sagte der Hauptkommissar mit düsterer Befriedigung, »daß die anderen sichergehen wollten, daß er sich, selbst wenn er sich im Vollrausch drehen will, nicht von der Stelle und aus der Spreizstellung bewegen kann.«

Die Tür flog auf; der Assistent stürzte herein, blaß und ohne Papiere. »Die Skizze...«

»Ja?«

»Sie ist weg.«

Das BKA zweifelte. »Weg?«

Die Kripo staunte. »Einfach so futsch? Ja Mensch, sind Sie von allen guten Geistern verlassen?«

»Ich... ich hab den Stapel auf den Kopierer gelegt und bin... bin mal eben austreten gewesen. Wie ich zurückkomm, ist die Skizze weg. Hat obenauf gelegen. Ich hab den ganzen Gang abgesucht, untern Kopierer gekuckt – nix.«

»Der Kopierer steht im *Gang*?« Äußerste Mißbilligung seitens des BKA.

»Leider. – Worauf warten Sie noch? Suchen, fragen. Wer war im Gang?«

Der Assistent zupfte an seinem Ohrläppchen. »Das ist es ja. War grade Hochbetrieb. Ein halbes Dutzend von uns, ein paar Sekretärinnen. Streifen, mindestens sieben oder acht. Ein paar Zivile. Und Zivilisten. Und außerdem ein Trupp aus irgend nem Ministerium; da war doch ne Besprechung.«

»Schöne Scheiße.«

Das BKA hob die Brauen. »Na ja, dann müssen wir den guten Maler noch mal behelligen. Hoffentlich erinnert er sich mit Abstand immer noch so gut.«

Dr. Rupert M. Stein wurde ungern mit einem Kuß auf den Mund begrüßt. Dann war seine Frau in der Laune, dort weiterzumachen, wo sie tagsüber mit ihrem Besucher aufgehört hatte. Er wußte, daß sie nicht wußte, daß er wußte, und daher konnte er ihr nicht offen sein Mißfallen bekunden. Er schälte sich aus der Umarmung.

»Zuerst einen Drink, Liebes, ja?« Er sagte es über die Schulter, während er sich ins Schlafzimmer begab. Irene trug eine offenherzige Bluse und einen kurzen Rock. Sie war barfuß. Er hörte sie am Geträhkeschrank im Wohnraum rumoren.

Das Bett war frisch bezogen. Er kaute auf der Unterlippe, zog langsam das Jackett des Nadelstreifers aus und hängte es über den Stuhl vor dem kleinen Mahagonisekretär. Gebückt löste er die Schnürsenkel, streifte die Schuhe ab, schlüpfte in die bequemen Hauslatschen. Der Umschlag in der kleinen Mappe fühlte sich ein wenig dicker an als sonst. Im Wohnzimmer klirrte Glas; Stein riß den Umschlag auf, zählte, grunzte und steckte das Couvert samt den zwanzig Fünfhundertern in die große Mappe, die er zwischen dem Haus und dem Auswärtigen Amt hin und her trug.

Mit gelockerter Krawatte schlurfte er ins Arbeitszimmer, stellte die Mappe auf den Windsorstuhl vor dem Schreibtisch, blieb dann stehen und starrte aus dem Fenster in den Garten, ohne etwas zu sehen. Er dachte an gewisse Fehler, die er einmal begangen hatte, an den schmierigen *latin lover*, die schmierige Übergabetechnik, die er selbst vorgeschlagen hatte und die schmierige Atmosphäre.

»Ich hasse euch. Diese Sache muß aufhören«, murmelte er heiser. Dann drehte er sich um, als er das Brett im Flur, vor der Schwelle zum Arbeitszimmer, knarren hörte.

»Danke, Schatz.« Er nahm den Gin-Tonic entgegen und trank Irene zu. Sie lächelte, aber nur mit dem Mund.

»Gibt es was Neues?«

Er lehnte sich an die Schreibtischkante. »Ja und nein. Es ist klar, daß es bald rauskommen muß, aber bisher gibt's nur Andeutungen. Jemand hat angeblich was von Washington gesagt.«

Nun lächelten auch die Augen. »Aber das wäre doch toll!«

»Ja, natürlich. Nach drei Jahren Bonn... Aber allmählich geht mir die Ungewißheit auf die Nerven.«

Sie nickte. »Schade«, sagte sie dann versonnen. »Wenn du es wüßtest, könntest du dich da ja schon mal umschauen.«

Er hob eine Schulter. »Kaum. Die haben uns wieder dermaßen viel in die paar Tage hineingepackt... Und die Delegation ist klein, da kann man nicht einfach zwischendurch mal einen halben Tag verschwinden.« Er seufzte. »Außerdem wird die Abreise der nackte Terror.«

»Wieso?«

»Per Hubschrauber vom Kanzleramt nach Wahn. Der Blötschkopp will uns unbedingt noch ein paar leere Reden mitgeben.« Die unfreundliche rheinische Bezeichnung hatte er vor ein paar Tagen von einem Taxifahrer gehört; sie erschien ihm durchaus angemessen.

»Auch das wirst du überstehen.« Irene sagte es mit einem kehligen Gurren und einem dräuend-verheißungsvollen Augenaufschlag.

»Nett, daß du mir soviel zutraust. – Und du? Gibt's hier was Neues?«

Sie zögerte. »Die Heizung ist repariert«, sagte sie dann. »Wir haben wieder heißes Wasser.«

»Ah ja.« Sein Magen meldete sich, knurrend. Er legte die linke Hand auf den Bauch. »Was gibt's heute abend?«

Sie streckte ihm die rechte Hand entgegen. »Avocados. Obstsalat. *Filet moutarde*.« Sie fuhr sich mit der Zunge über die Unterlippe. »Aber erst hinterher.«

Beim Essen war er ein wenig zerstreut, schnitt die Kartoffeln mit dem Messer, goß Wasser in den Côtes du Ventoux und streute Salz über den Obstsalat. Seine Frau hing ihren Reminiszenzen nach, lächelte dem Tag hinterher und sah kaum etwas von den Schusseleien.

Trotz aller Zerstreutheit bemerkte Stein jedoch das Hinterherlächeln. Wieder verfluchte er sich wegen des kleinen Fehlers, den er als Attaché in Caracas gemacht hatte. Genauer: von Caracas aus, aber in Barranquilla. Grenzen spielten keine Rolle. Wie Villalba von dem netten kleinen *deal* erfahren haben mochte, wußte er immer noch nicht. Der jüngere Bruder eines alten Freundes, bis über die Kiemen voll Kokain, dazu von dem Zeug auch noch pfundweise in der Unterhose, in der Reisetasche, in den Stiefeln, im Knast; Bruder und Eltern verzweifelt in Deutschland; der freundliche Mann aus Guinea-Bissau, der tausend gute Freunde hatte und mit ihnen reden wollte, falls er ein bestimmtes Papier bekäme: High Tech, Weitergabe streng verboten, und der nette Mensch eng befreundet mit einem Mädchen, das Beziehungen zu diversen kubanischen Einrichtungen unterhielt. Immerhin, der koksende Jüngling war freigekommen, Stein hatte die Sache verdrängt und sich den Rest der Zeit vorbildlich benommen. Bis nach ein paar Monaten in Bonn dieser Andinier auftauchte.

Dann die Zeitung. Der Bonner *Generalanzeiger* hatte in einer Kurzmeldung von kolumbianischen Staatsangehörigen berichtet, die über Diplomatenkonten Millionen für Rauschgifthandel verschoben. Was, letzten Endes, mochte Villalba mit den diversen Papieren anfangen?

»Wieso Zeitung?« sagte Irene.

»Was?!«

»Du murmelst etwas von einer Zeitung.«

Er holte tief Luft, suchte nach einer Ausrede. »Ah, da war

heute in irgendeinem dieser Blätter, du weißt schon, wir kriegen ja tausend am Tag, von überall...«

Sie nickte, wartete.

Verzweifelt redete er weiter. »Ah, hm, also, da... Kennst du diesen Roman von Grass?«

Sie hob die Schultern. »Nee.«

Wie komme ich bloß von Koks auf Grass? dachte er. Dann begriff er, welche Eselsbrücke sein Gehirn konstruiert hatte – eine Pontonbrücke aus Joints. Er kicherte. »Also, in einem von diesen Romanen von, eh, Grass kommt ein Typ vor, der irgendwo, ich glaube, in einem alten Steinbruch oder so, eine Fertigungsanlage für Vogelscheuchen unterhält.«

»Häh?«

»Genau; häh. In einem dieser Provinzblätter stand ein Artikel über einen alten Mann, der so was irgendwo in der Pfalz versucht. Und da haben wir überlegt, ob der Oger aus Oggersheim so entstanden sein kann. Oder eine unserer häßlichen Sekreteusen.«

»Wieso Oger?«

»Ein klobiger Unhold aus einem französischen Märchen, glaub ich. Ah, kennst du den?« Er beugte sich vor und betrachtete seine Frau – seinen zweiten großen Fehler. »Von Amts wegen wird beschlossen, der Herr soll endlich richtig Deutsch lernen. Zwei Wochen Intensivkurs in Hannover.«

»Wieso Hannover?«

Stein ächzte lautlos. »Da gibt es kaum Akzent. Also, er geht nach Hannover, wird eine Woche lang durch die Mangel gedreht, dann sagen die Profs: ›Theoretisch ist das schon ganz gut, Exzellenz. Jetzt wollen wir es mal praktisch testen. Sie kriegen ein drahtloses Mikro ans Revers, wir folgen Ihnen unauffällig mit einer Videokamera, und Sie gehen einfach durch die Stadt, einkaufen oder was auch immer.‹ Er geht also einkaufen, kommt in einen Laden, grüßt artig und sagt in bestem, akzentfreiem Deutsch: ›Guten Morgen. Um Geld erwürbe ich gern ein Pfund weißen Brotes.‹ Der Mann hinter der Ladentheke zuckt zusammen und sagt: ›Häh?‹ Der Oger lächelt und wiederholt. ›Ich erwürbe gern ein Pfund weißen Brotes.‹ ›Ja, ja, verstanden habe ich Sie sofort‹, sagt der Ladenbesitzer. ›Aber wir sind eine Metzgerei.‹«

Irene lächelte schwach. »Bestimmt sehr witzig, aber um wen geht es eigentlich?«

Martin Krollmann konnte sich nicht recht konzentrieren. Er stand vor dem Spiegel und rasierte sich, aber er sah nur die Klinge. Er dachte – *es* dachte in ihm an Züge, zerstückelte Leichen und Vögel mit Maulsperre. Er haßte den Gedanken, seine Behausung zu verlassen, aber er würde noch einmal in die Welt müssen, um ein Hotelzimmer zu bestellen. Am nächsten Morgen, so hatte sie geschrieben, wollte die Lektorin des Horror-Verlags mit dem Flieger in Wahn ankommen und dann, notfalls ein paar Tage lang, mit ihm Texte und Illustrationen gründlich durchgehen. Er sah die unvermeidlichen Schwierigkeiten voraus, die sich aus seinem Handicap ergaben. Aber vielleicht würde die konzentrierte Arbeit ihn ablenken.

Aufräumen. Der angelehnte Flügel des Südfensters im Studio zitterte; Krollmann schaute hinaus und sah den letzten Wagen des Zugs unter den Bäumen verschwinden. Eine Schale, in der er je nach Bedarf Pistazien, Stifte oder Kleingeld aufbewahrte, glitt ihm aus der Hand. Er beobachtete zerstreut, wie in Zeitlupe, das Aufspritzen der Fragmente vom Boden. Da war nichts mehr zusammenzusetzen.

Kehrblech und Handfeger. Wieso eigentlich Kehr*blech*, da die Dinger längst aus Plastik sind? Wieso Handfeger – ein

Staubsauger saugt Staub, ein Kaminfeger fegt den Kamin, aber ein Handfeger fegt nicht die Hand. Während er sich bückte und fegte, kam die Eruption; wie bei einem, der zuviel gefressen hat, plötzlich der Magen nach außen gestülpt wird, erbrach sich Krollmanns Gemüt. Erinnerung an eine Jugendlektüre: der ruchlose Priester in Stevensons *Der schwarze Pfeil*, wimmernd ausgestreckt auf den Stufen vor dem Altar. Krollmann lag wimmernd auf dem Boden, zwischen Handfeger und Scherben; er krümmte sich, zog die Knie fast an die Brust. Warum Kohlen nach Newcastle, Eulen nach Athen, Pariser nach Condom bringen, warum schlechte Horrorgeschichten (von schlechten Autoren) mit schäbigen Horrorbildern versehen in die Welt schicken, die jeden Tag mehr und Scheußlicheres produziert, als allen Autoren und Illustratoren je einfallen kann? Über hungernde Kinder und feiste Minister, äthiopische Revolutionsfeiern und Millionen Leichen, russische KZs und argentinische Generäle, Khomeini und Meir Kahane, Bhagwan, Hubbard, amerikanische Evangelisten, Pol Pot und die Pille irrte er zurück zu dem Mann auf den Schienen. In luzidem Wahn errechnete er Mindest- und Höchstmengen Lebender und Toter, beschloß kaiserlich, zunächst in Europa zu fegen und erst danach das Kehrblech in die Dritte Welt zu zerren. Ozonloch, tote Gewässer, sterbende Wälder, verdreckte Luft, Horror Horror Horror, hie Tschernobyl, dort kohlebefeuerte Dreckschleudern, die ungenutzte Möglichkeit, die ganze Republik mit Abwärme aus Müllverbrennungsanlagen zu heizen, woran aber RWE & Co. nichts verdienen würden; wenn wir nicht sechzig Millionen wären, sondern sechs, hätten wir alle mehr Platz, könnten alle Scheiße in den Rhein spülen, ohne ihm wehzutun, könnten mit Bruchholz heizen, könnten gar nicht genug Dreck machen, hätten weder Gift- noch Brennstoffprobleme. Wenn der Mann auf den Schienen der 6 000 002te

Bewohner der Republik gewesen wäre und ich, Martin Krollmann, Maler mit hohem Handicap, der 6 000 001ste, würde ich? Ja, ich würde. Er malte sich alle möglichen Foltern aus, unter denen er das Martyrium zugunsten der heilen Welt und der sechsten Million absolvieren würde; er war überzeugt davon, daß mit seinem Opfertod alle Schwierigkeiten zwischen Spitzbergen und dem Ätna, zwischen Porto und Archangelsk beseitigt wären. Die Aussicht erfüllte ihn mit schmerzlicher Gelassenheit, mit einer wehmütigen Ruhe, die es ihm erlaubte, aufzustehen und zu Ende zu kehren, die Scherben in den Mülleimer zu schütten, die Absurdität seiner Gedanken zu sehen, die Voraussetzung für die wehmütige Ruhe ersatzlos zu streichen.

Dennoch blieb ein Rest Gelassenheit. Der Rachen, von der Pfauenfeder gekitzelt, schmerzte noch, aber der Magen war leer, die Seekrankheit abgeflaut, der Tidenhub auf die normalen Schwankungen reduziert. Im Fenster sah er sein Gesicht; es war verzogen und verzerrt, aber immerhin wieder eine Art Gesicht, zusammenhängende Einzelteile, um ein Grinsen gruppiert.

Der Mann ohne Gesicht sah sich einen Moment in der glitzernden Tür reflektiert, ehe Sullivan sie öffnete.

»Mijnheer wartet schon«, sagte er seltsam quengelnd, wie ein ungeduldiges Kind.

»Gut so.« Lingen ging an ihm vorbei in die Diele des noblen Anwesens.

Der Holländer hatte vielleicht keinen Geschmack, aber Geld. Das Herrenhaus von zirka 1880, eine halbe Autostunde von Köln im Bergischen Land, war mit allen Schikanen ausgerüstet und ausgebaut worden. Die zarte, fast ziselierte

Stuckdecke der Diele protzte in scheußlichem Gold. Ein versilberter Harnisch, vermutlich echt, diente als Behälter für Spazierstöcke Marke »echt Alpen«. Ein gotisches Misericordium, woher auch immer gestohlen, trug eine Enzianflasche, und an einer massigen Eichentür, fast schwarz von Rauch und Jahren, hing ein grelles Messingschild: KLO.

Im Zentrum des Salons hockte Mijnheer: eine Kröte zwischen Chrom, Plüsch und Eichentäfelung. Er blinzelte Lingen entgegen; die eisigen Augen waren die einer Echse und wirkten trotz des Blinzelns lidlos.

»Sie haben abgenommen.« Lingen ließ sich drei Meter von Mijnheer auf einen Rattanstuhl sinken.

»Und Sie heißen im Moment Lingen? Mir egal. Aber schlechte Fantasie.« Der Holländer goß aus einem Meißener Krug heißen Kakao in einen Becher, versetzte ihn mit reichlich Courvoisier und schlürfte. Dabei schloß er die Augen. Es war, als ob sich die Raumtemperatur schlagartig um mindestens fünf Grad erhöhte.

»So.« Die Echse war wieder wach. »Geschäft. Es geht um den hier.«

Neben Mijnheer stand ein Tischlein, abgespreizte Teak-Beine mit einem wagenradgroßen Goldtablett als Platte, handgetrieben, mit abstrakten Ornamenten. Darauf standen Kakaokrug, Becher, Flasche, eine Zigarrenkiste und der Aschenbecher. Neben dem Krug lag eine Plastiktüte. Mijnheer nahm ein Foto heraus und gab es Sullivan, der hinter seinem HErrn stand. Der Ire ging um den Sessel herum, machte zwei Schritte hin zu Lingen und reichte ihm das Bild, mit spitzen Fingern.

Der Mann ohne Gesicht betrachtete das Konterfei eines gutaussehenden Mittvierzigers.

»Auswärtiges Amt«, sagte Mijnheer.

Lingen nickte. »So ähnlich sieht er aus.«

In der Diele klingelte ein Telefon. Sullivan ging hinaus, ließ die Tür angelehnt.

»Hier.« Mijnheer warf etwas Grünes.

Lingen ließ es auf den Boden fallen, bückte sich sitzend danach. Ein Reisepaß. Er schlug ihn auf. Sein Bild war darin, das Bild eines Mannes namens Johannes Roth; samt Unterschrift und allen notwendigen Daten.

»Gute Arbeit.« Er blickte Mijnheer an.

Der Holländer schnitt eine Grimasse. »Wir machen keine schlechte Arbeit.« Er bewegte sich in seinem Sessel, und in dem veränderten Lichteinfall vom Kristallüster her sprang der Malaie oder Indonesier in seinem Gesicht in den Vordergrund. Die Echse wurde zum Waran.

Lingen schwieg. In der Diele sagte Sullivan verärgert: »Dann macht die Handschellen ab. Muß man euch denn jeden Furz vorschreiben? Aber laßt sie nicht raus, klar?« Er legte auf.

»Wir wollen ein Feuerwerk«, sagte der Halbholländer.

Lingen schwieg weiter. Sullivan kam zurück, schloß die Tür und baute sich wieder hinter dem Sessel seines Chefs auf.

»Sechzig, inklusive Spesen.« Mijnheer sagte es, als ob es ihn ein wenig schmerze.

»Plus Telefonrechnung.« Sullivan grinste.

Lingen hob eine Braue.

Das Schweigen wurde ungemütlich, aber gemütlich war es im Raum ohnehin nicht gewesen.

»Dieser Johannes Roth da, für den ist ein Zweizimmer-Apartment gemietet worden. Wo?« Mijnheer machte eine ruckartige Kopfbewegung zum hinter ihm stehenden Sullivan.

»Beuel. Bonn-Beuel.«

Lingen nickte.

»Roth sollte sich da niederlassen und morgens zwischen

acht und neun und abends zwischen acht und neun telefonisch erreichbar sein.« Während Sullivan dies sagte, blickte er auf die Uhr.

Der Mann ohne Gesicht nickte.

»Gut, gut; keine Fragen.« Mijnheer nahm einen weiteren Schluck von seinem Lumumba. »Erklären, Sullivan.«

Der Ire verschränkte die Arme. »Eh. Ja. Also, Mann, Sie quartieren sich da ein. In Beuel. Adresse geb ich Ihnen nachher. Dieser Mann vom AA wohnt auf der anderen Seite, in Godesberg. Braucht Sie nicht kümmern. Er wird irgendwann in ein paar Tagen mit einer Regierungsdelegation nach Washington reisen. Da darf er nicht ankommen.«

»Wie haben Sie sich das vorgestellt?«

»Es gibt zwei oder drei Möglichkeiten. Entweder fährt er von Zuhause los, nach Wahn. Oder läßt sich von seiner Frau fahren. Über die Beueler Autobahn. Oder er fährt mit ein paar anderen vom AA los – über die Beueler Autobahn. Oder er fliegt vom Regierungsviertel mit dem Chopper nach Wahn, mit den anderen – über Beuel. Wir brauchen einen, der alle Möglichkeiten auskalkuliert und in jedem Fall ein Feuerwerk macht.«

Lingen schwieg.

»Sein Privatwagen.« Sullivan kam zu ihm und gab ihm ein weiteres Foto. Ein weinroter 190 E. Das Kennzeichen war gut zu erkennen. »Das ist aber die unwahrscheinlichste Möglichkeit.«

Lingen nickte. »Gut«, sagte er halblaut. »Ich soll also geeignete Stellen aussuchen und mir etwas einfallen lassen. Was kann ich kriegen? Eine Oerlikon-Flak ist ein bißchen unhandlich.«

»Was wollen Sie haben?«

Lingen zuckte mit den Achseln. »Ich habe keine Ahnung, was Sie beschaffen können.«

»Alles«, sagte Sullivan patzig.

Mijnheer grunzte.

»Na ja, fast alles«, murmelte Sullivan.

»Zum Beispiel?« Lingen blickte den Halbholländer an.

»Wie wär's mit einer Sam?« sagte Sullivan.

»Lieber wär mir was von Uncle Sam«, sagte Lingen.

Mijnheer kniff die Augen zusammen. »Können Sie denn mit einer Stinger umgehen?«

Lingen nickte. »Wissen Sie doch. Sonst hätten Sie mich nicht angeheuert. Außerdem ist es ein Kinderspiel.«

»Etwas anderes aber nicht. Deshalb die satte Knete.« Sullivan räusperte sich.

Mijnheer nickte und schloß die Augen. »Sagen Sie es ihm.«

Der Ire blickte einen Punkt über Lingens Kopf an. »Also, im Moment hängen hier ein paar versprengte RAF-Leute rum.«

»Royal Air Force?« Lingen verkniff sich das Grinsen.

»Quatsch. Rote Armee Fraktion, diese Geisteskranken. Zehnte Generation. Wollen unbedingt auf die Pauke hauen, wissen aber nicht genau wie. Wir haben dafür gesorgt, daß sie von einem bestimmten Typen erfahren, der notfalls auch größere Waffen liefert.«

»Ich denke, die besorgen sich sowas selbst?«

»Dazu reicht es bei denen nicht mehr. Die haben also von diesem Typ gehört, und der wird ihnen das Zeug nicht geben. Die werden aber davon hören, daß Sie etwas in der Richtung vorhaben, und die werden sich an Sie hängen.«

Mijnheer öffnete die Augen. »Deshalb die viele Knete, wie Sullivan sich ausdrückt. Wir können noch ein paar Mann Geleitschutz für Sie abstellen, aber Sie sind der einzige, dem wir zutrauen, mit der Bande fertigzuwerden und dafür zu sorgen, daß die Jungs mitspielen. Sullivan hier, dem würden die RAF-Leute die Waffen abnehmen und dann irgendeinen anderen Feuerzauber machen, der uns nicht in den Kram paßt.«

Lingen kaute einen Moment auf der Unterlippe. »Aha. Na gut. Versteh ich das richtig, daß, wenn das Feuerwerk vorbei ist, ein paar tote Terroristen irgendwo rumliegen werden?«

»Ja. Und wir haben nicht vor, Sie zu fragen, ob Sie mitmachen wollen.« Mijnheer schloß die Augen wieder.

»Das denke ich mir. – Der AA-Mann wird überwacht?«

»Natürlich.« Sullivan kratzte sich den Kopf, verzichtete dann aber darauf, etwas zu sagen, was ihm offenbar auf der Zunge gelegen hatte. »Sie kriegen Bescheid. Deshalb das Telefon. Am Ende müssen wir aber mit Walkies arbeiten.«

Sullivan brachte ihn zur Tür. Aus der Schublade einer alten Konsole in der Diele holte er zwei Päckchen.

»Dreiunddreißig«, sagte er, als Lingen das erste, das glatt war, einsteckte. »Und eine alte Null-Acht.«

»So fühlt es sich an. Wo haben Sie die bloß her?«

»Egal. Hauptsache, funktioniert. – Und die Schlüssel für die Wohnung in Beuel. Hat eine Firma angemietet, für die Sie als Vertreter reisen, klar? Name der Firma und so sind bei der Knete. Ein alter Rekord wird noch geliefert.«

Lingen bemühte sich, auf dem ersten Teil der Nachtfahrt nicht zu denken. Die kleine Straße war im Dunkeln schwierig genug, auch ohne tiefes Brüten. Erst als er die Autobahn erreicht hatte, begann er zu überlegen. Weshalb der AA-Mann nicht heil nach Washington kommen durfte, interessierte ihn nur insofern, als es ein pittoresker Grund sein mußte, der Mijnheer zu solchen finanziellen und organisatorischen Unternehmungen bewegte. Die wirre RAF-Sache, von der er zunächst kaum ein Wort glaubte, ließ ihn eher kalt. Allerdings war ihm klar, daß am Ende der Aktion, Mijnheers Wünschen entsprechend, auch ein toter Lingen herumliegen sollte.

Er grinste schwach und redete das Lenkrad an. »Wo verbringt man am besten seinen Tod?«

»Die Sache mit den Terroreros hat er nicht geschluckt, was? Nachhelfen?«

Mijnheer summte durch die Zähne etwas Atonales, irgendwo zwischen *Surabaja-Johnny* und *Bilbao-Song*, von beiden gleich weit entfernt. Er starrte in den Becher, kniff die Augen zusammen, lächelte. Der echte Kakao war mit echter Milch zubereitet, von einem nahen Bauernhof; es gibt für alles Grenzen, und Milch zu homogenisieren, bis sie nicht mehr sauer, sondern nur noch bitter wird, und bis sich auf ihr keine Sahne mehr absetzt, schien ihm ein furchtbares Verbrechen an allen Milchtrinkern zu sein. Ein Mord trifft das Opfer und die Angehörigen; ungenießbare Milch trifft die ganze Nation. Die Haut, der Schmand der echten Milch mit echtem Kakao im echten Becher warf Falten, bildete eine Art Spinnennetz. Mijnheer betrachtete die Linien, nickte, erkannte sie vielleicht wieder und sah sich im Mittelpunkt, die Fäden in der Hand. Er nahm einen großen Schluck.

»Ein bißchen. Nicht zu sehr.«

Sullivan kratzte sich den Kopf. »Wie sehr? Ein bißchen Blei oder nur gute Worte?«

»Blei.« Mijnheer schmatzte. »Sagen Sie denen, die sollen ihn abfangen, wenn er Lorre verläßt – beladen. Ein bißchen ballern, dann reden. Klar?«

Sullivan grinste. »Das wird ihnen aber nicht guttun. Lingen ist besser.«

Mijnheer hob die Brauen. »Ich weiß. Warum sonst nehmen wir ihn? Dann gehen ein oder zwei Stück Terroristen schon vorher drauf. Und?«

Die Leute von der Spurensuche buddelten noch immer unter Büschen und zwischen Beeten im Garten herum. Villalba wandte sich vom Fenster ab und marschierte, wütend und bedrückt, im Salon auf und ab.

Jemand hatte seine Tochter entführt. Um die Dringlichkeit der damit verbundenen Anliegen zu demonstrieren, hatte dieser Jemand einen Penner vom Bonner Kaiserplatz erwürgt und in den Geräteschuppen im Garten der Residenz gelegt.

Irgendwann erschien Jaime mit Kaffee und Brandy. Villalba trank, ließ sich eine Romeo y Julieta bringen, zündete sie selbst an, hustete und fluchte. Er war trostbedürftig; außerdem hatte er noch diesen verdammten Termin im Justizministerium.

Wortlos verließ er das Haus und ging zum Jaguar, den Jaime aus der Botschaft geholt hatte. Der Wagen stand vor der Residenz; der Innenhof war mit den Fahrzeugen der Beamten vollgestellt.

Unter dem Scheibenwischer steckte ein bunter Zettel. Villalba zog ihn heraus und wollte ihn wegwerfen; es sah aus wie die übliche Reklame. Dann warf er einen kurzen Blick darauf und seufzte.

Das Papier war rot. Mit Maschine und grünem Farbband war darauf geschrieben: »Na? Sie sollten gegen zwanzig Uhr bei Ihrer Sekretärin erreichbar sein.«

Der hohe Beamte des Justizministeriums ersehnte den Besuch des Botschafters. Er war glühender Monarchist, ohne deshalb als Mitarbeiter der juristischen Branche einer Republik Gewissensbisse zu empfinden. Besonders monarchistisch waren seine Gefühle, wenn er an Porträts britischer Monarchen dachte. Er sammelte sie, und seine Sammlung würde nie vollständig werden, denn von einigen Köpfen konnte er nicht genug, von anderen gar nichts bekommen. Weshalb er bisweilen auch Kaiser Wilhelm II. hinnahm, oder Double Eagles.

Er bedachte das Netz, das er langsam und geduldig geknüpft hatte. Mit Bedauern erwog er gewisse Nachteile, die sich aus seiner bevorstehenden beruflichen Veränderung ergeben mußten. Der sichere Listenplatz war das Resultat jahrelanger diskreter Bemühungen und Dienste. Er dankte den olympischen Göttern für vieles. Für den Parteivorsitzenden und Regierungschef, der bei aller äußeren Inkompetenz und Unersprießlichkeit innerparteilich ein vollendeter Macchiavellist war und mit wenigen Ausnahmen alle Köpfe entweder an den Rand gedrängt, in die Provinz delegiert oder ausgeschaltet hatte oder, wenn sie sich in zusammengeflickten Beraterverträgen verwirrten, tatenlos (»kein Handlungsbedarf«) und grinsend zusah, wie sie fielen. So waren viele freie Plätze entstanden – kein Leerstellenmangel, und die größte Null zu Beginn der Summe. Und er dankte für das Wahlsystem der Republik, das es ihm ersparte, durch Charakter und Brillanz irgendwelche nebensächlichen Figuren, Wähler, beeindrucken zu müssen, solange seine Partei ihm verbunden und verpflichtet war. Der Preis – eine gewisse Stromlinienförmigkeit, Verzicht auf eigene Meinung, stillschweigender Fraktionszwang – schien ihm angemessen. Manchmal hatte er Bedenken, ob die vom Grundgesetz vorgesehene Mitwirkung der Parteien an der politischen Willensbildung nicht ein wenig übertrieben wurde, wenn die Parteien insgesamt die politische Willensbildung zu ihrem Monopol machten. Wenn außerhalb der Parteien nichts, innerhalb nur das möglich war, was die Parteien wollten. Aber die Vorstellung von direkt gewählten, ihrem Gewissen und ihren Wählern verantwortlichen Abgeordneten, die wie in England, den USA oder dem

Frankreich von de Gaulles Wahlrecht bisweilen gegen die eigene Partei stimmten, und daß dies auch noch als selbstverständlich galt, verstörte ihn. Sein Minister gehörte ja einer anderen Partei an, war aber in diesem Punkt durchaus zuverlässig, da er bei einem wie auch immer abgestuften Mehrheitswahlrecht niemals Sitz, Stimme, Macht und Bezüge bekommen hätte. Gemeinsam hatten sie eine Vorlage abgewürgt, ehe die Öffentlichkeit davon erfahren konnte. Irgendein Subalterner hatte allen Ernstes vorgeschlagen, zuerst innerhalb des Ministeriums und der zuständigen Beratergremien, später auf dem Weg durch die Instanzen erklären zu lassen, ob denn Mitgliedschaft im Parlament, das die Regierenden zu kontrollieren habe, und Mitgliedschaft in der Regierung vereinbar seien, oder ob nicht vielmehr ein Mitglied der Exekutive automatisch Sitz, Stimme und Bezüge in der Legislative aufgeben müßte. Man konnte die Demokratie auch übertreiben. Er dachte mit Entsetzen an exotische Länder, in denen wechselnde Mehrheiten und Abstimmung nicht nach Fraktionszugehörigkeit, sondern nach Meinung gelegentlich vorkamen. Dann kehrte er jedoch aus der Ferne zurück in die Realität; er erinnerte sich daran, daß er noch ein wichtiges Telefonat zu führen hatte.

Er wählte selbst, stellte eine kurze Frage, erfuhr, daß der Auftrag erteilt und in besten Händen sei, dankte und legte wieder auf. Eine bestimmte Person, die einerseits zu viel, andererseits nicht genug wußte, mußte verschwinden. Er kannte den Mann und seine unersprießlichen Gewohnheiten nicht persönlich und war darüber nicht traurig. Aus einem nur ihm zugänglichen Konvolut entfernte er zwei Blätter, die diese Person betrafen, steckte die Papiere zusammengefaltet in seine Jacke und wartete. Dabei lächelte er sanft vor sich hin. Mit dem, was er an Wissen und Beziehungen mitbrachte, würde er seinen Weg auch in der Fraktion machen, und zwar schnell. Mit einem anderen Spitzenkandidaten wäre die absolute Mehrheit zu erreichen, mit der kaum erträglichen Leitfigur der letzten Jahre würde man allenfalls knapp gewinnen. Aber selbst bei einer Niederlage – der Platz in der Liste war hoch genug. Die Reise mit der Delegation nach Washington mußte eine der letzten in seinem augenblicklichen Amt sein, aber als Abgeordneter reiste man auch nicht schlecht. Er würde sich Mühe geben, freundlich zu diesem Trottel vom AA zu sein; für den war es sicher die letzte Reise. Er klopfte auf die Jacke; die Papiere knirschten in der Tasche.

Der Weg war frei. Freigeschaufelt. Im Innenministerium gab es noch einen Mann, der vielleicht einiges ahnte. Aber sicher nicht genug, um etwas in der Hand zu haben oder gar etwas unternehmen zu können. Außerdem sollte dessen Staatssekretär mitfliegen, und wenn etwas durchgesickert wäre, müßte man es an den Reaktionen des hochmögenden Herrn ablesen können.

Er blickte auf die Uhr. Im Vorzimmer tat sich etwas; es wurde auch Zeit. Die Sekretärin öffnete die Tür; endlich.

Villalba trat ein. Sie wechselten nur ein paar Floskeln. Der Südamerikaner wirkte nervös, schüttelte ihm – gegen seine sonstigen Gewohnheiten – heftig, wie zerstreut, die Hand und reichte ihm, nachdem die Sekretärin den Raum verlassen hatte, den kleinen Lederbeutel.

»Bis zum nächsten Mal«, sagte er schließlich, als sie nahezu schweigend einen Kaffee miteinander getrunken hatten, einen Alibikaffee.

Der Mann vom Justizministerium dachte an den Parteifreund, der einen guten Bekannten – Mitglied einer anderen Partei – aus nicht näher erläuterten Gründen in eine bessere Position hieven wollte. Der Auftrag, hatte sein anonymer Telefonpartner gesagt, sei in besten Händen. Sympathie. Karrierepunkte. Alles mit ein paar Telefonaten, gewissen

Informationen und dem unerklärlichen Verschwinden interessanter Unterlagen erreicht.

Als Villalba endlich ging, war er wirklich zufrieden. Er begab sich auf die Toilette, schloß die Tür hinter sich ab und öffnete den Lederbeutel.

»Vive le roi!« murmelte er.

Sie steckten in kleinen Plastikhüllen und klirrten nicht, aber das tat seiner Freude keinen Abbruch. Er nahm sie mit spitzen Fingern aus dem Beutel und legte sie auf den Deckel der Toilette. Dann lächelte er liebevoll auf die fünfundzwanzig goldenen Sovereigns hinab.

Gegen achtzehn Uhr dreißig verließen Villalba und seine Sekretärin die Botschaft. Hintereinander, mit fünf Minuten Abstand. Er parkte den Jaguar zwei Straßen von ihrer Wohnung entfernt.

Es gab keine langen Präliminarien. Die Aufregungen des Tages sorgten, trotz der mittäglichen Erschöpfung, für ein Pulsieren des Herzens und des Blutkreislaufs.

Die Sekretärin kochte eben Kaffee, als pünktlich das Telefon klingelte. Villalba nahm ab, meldete sich mit »Ja?« und lauschte. Dann legte er wortlos auf.

Sie erschien im Wohnzimmer. »Hat es da nicht geklingelt?«

»Ich habe abgenommen. Falsch verbunden.«

Später, nach der zweiten Runde, sagte er ins Halbdunkel hinein: »Ich werde ein paar Tage verreisen müssen. Bitte ab übermorgen keine Termine.«

Lorres Froschaugen glommen. »Was immer Sie glauben; woher auch immer Sie etwas gehört haben. Es ist mir egal. Ich kümmere mich nicht um Gerüchte. Ihre sogenannten Ziele sind mir schnurz. Genauer: Ich kann nur leben, wenn das, was Sie ›Das System‹ nennen, funktioniert. Außerdem mache ich grundsätzlich keine Geschäfte mit Knallköpfen, Träumern oder Geisteskranken. Raus.«

Das letzte Wort kam leise, aber schneidend. Die beiden jüngeren Leute sahen einander an, machten jedoch keine Anstalten, dem Wort zu folgen.

Lorre steckte zwei Finger in den Mund und pfiff. Die Tür ging auf.

»Brauchen Sie was, Chef?« Filder lehnte im Rahmen, hinter ihm reckte ein wuschelköpfiger Riese den rechten Arm und stemmte ihn gegen die Oberkante.

»Die Herren wollen gehen.« Lorre deutete mit dem Kinn auf die Jüngeren. Sie standen langsam auf.

»Noch eins«, sagte Lorre halblaut. »Die Unterhaltung hat mich angekotzt. Ich nehme an, Ihnen hat sie auch nicht besonders gefallen. Ich möchte Sie aber vor irgendwelchen falschen Konsequenzen warnen.«

»Nämlich?« sagte der größere der beiden Jüngeren. Er preßte es heraus; seine Augen schienen sich nicht lange auf einen Punkt oder gar ein Gesicht richten zu können.

»Wir haben ein bißchen andere Spielregeln als Polizei und Staatsanwaltschaft. Wir suchen nicht lange nach Beweisen. Wenn Sie verstehen, was ich meine.«

»Nein.«

Lorre faltete die Hände auf dem Schreibtisch. »Dann muß ich deutlicher werden. Vor vielen Jahren hat es in Spanien mal sowas gegeben. Ich glaube, da lebte Franco noch. Da hatten ein paar Knalltüten von Ihrer Sorte reihenweise Attentate inszeniert. Schließlich – ich glaube, es war in Madrid – wurden dort alle Polizisten des Landes zusammengezogen. Na ja, leicht übertrieben. Jedenfalls viele, und es gab tagelange Razzien. Das hat die normale, anständige Unterwelt so sehr gestört, daß die zuständigen Leute sich zusammengesetzt und für ein paar Tage alle Interessenkonflikte vergessen haben. Dann hat man eines Morgens vier oder fünf tote Terroristen vor einer Polizeistation gefunden – Friedensangebot an die Obrigkeit. Die Razzien wurden abgeblasen, und die Geschäfte konnten wieder normal abgewickelt werden. Verstehen Sie mich jetzt? Gut. Dann behelligen Sie mich nicht mehr.«

Filder kam nach ein paar Minuten zurück. »Sie sind weg, Chef. Was war denn das für eine Truppe?«

Lorre blickte von dem Zettel hoch, auf dem er etwas notierte. »Na was wohl? Raketen wollten die kaufen. So n Quatsch.« Er grinste. »Außerdem sind die Jungs ja noch gar nicht aus Saarlouis zurück. Also, selbst wenn ich wollte... Gibt's was Neues von Gonzo?«

»Nee. Er beobachtet, hat aber noch keine Möglichkeit gefunden.«

»Na schön. Abwarten. Danke.«

Als Filder gegangen war, griff Lorre zum Telefon. Er wählte, wartete. Nach dem vierten Piepser meldete sich die Sekretärin.

»Ja, hier ist die Firma Schmidt, Transporte. Könnte ich bitte den Herrn Ministerialdirektor sprechen? Ja, es ist dringend. Es geht um einen privaten Auftrag.«

Der Herr Ministerialdirektor hörte sich an, was die Firma Schmidt zu sagen hatte.

»Oh, oh«, machte er dann. »Also zwei RAF-Leute, sagen Sie? Sie wissen nicht zufällig welche, nein?«

Lorre klackte mit der Zunge. »Ich glaube, die stehen nicht auf dem Plakat. Ich könnte sie Ihnen natürlich beschreiben, aber das hilft nicht viel weiter.«

»Gut, besten Dank. Ich werde sehen, was zu tun ist.«

»Ja. Eh. Sagen Sie, was machen diese Unterlagen, von denen wir neulich gesprochen hatten?«

»Welche Unterlagen?«

Lorre lachte heiser, dankte und legte auf. Dann stützte er das Kinn auf die Hände und dachte nach. Schließlich spitzte er die Lippen, sog leise quietschend Luft ein und wählte eine längere Nummer.

»Sullivan? Hier ich. Ja, alles klar soweit. Die Lieferung kann erfolgen. Diese Knalltüten waren da; ich hab sie abfahren lassen, wie besprochen. Mal sehen, was sie jetzt unternehmen. – Aha. Na, viel Spaß. – Ja. – Ach so, noch was. Ein bißchen schwierig. Nee, nicht schwierig, aber kitzlig. Ich hatte neulich schon mal mit Mijnheer darüber gesprochen. Ich glaube, unser spezieller Freund... wie? Ja, der. Also, ich glaube, er hat allmählich seinen Dienst getan und sollte, eh, aus dem Verkehr gezogen werden. Da gibt es doch diesen Bayern. Was? Ja, Innen. Meine Jungs schaffen das nicht, und meine Stimme erkennt er. Ich sag es ihm auch, aber es ist besser, wenn er es von mehreren hört. Können Sie nicht mal einen anonymen Anruf...? Ja, wie mit Mijnheer besprochen. Prima. – Bestens. – Ja, okay. Ich halt euch auf dem laufenden. – Ah, und noch was. Ich fürchte, das wird dringend. Der Gute weiß nicht genug, aber zuviel. Alles klar? – Bis die Tage.«

3

Der Hauptkommissar war müde. Man sah es, und vor allem hörte man es an seiner Stimme, wenn man nicht schon dank der Emanation von Gereiztheit auf jeden Stimmkontakt verzichtete.

Der Mann vom BKA gähnte. Er fürchtete sich nicht vor Emanationen. Die einzigen esoterischen Dinge, die er respektierte, waren Gesetze und Dienstanweisungen.

»Dieser Diplomat...«, sagte er gedehnt. »Wie kommt der Penner in dessen Garten?«

»Nun springen Sie doch nicht so. Wir waren noch bei Ahmed.«

»Ah bah. Ahmed interessiert mich im Moment nicht so brennend. Ihr neuer Tip, daß dieser Perser was mit Waffenschieberei zu tun haben könnte, ist lustig, aber solange wir da nichts Genaues haben... Woher kommt der Tip überhaupt?«

Der Hauptkommissar zog den Inhalt seiner Nase hoch. Er hustete. »Reine Routine. Diesmal aus dem Saarland. Da meint irgendein Kollege, er hätte mal einen, der so ähnlich aussieht wie dieser Ahmed, bei einem Einsatz gegen eine Waffenschieber-Bande gesehen. Sind aber damals alle entkommen. Außerdem sieht, fürchte ich, für einen SchuPo in Saarlouis ein Orientale aus wie der andere.«

»Vielleicht auch nicht, aber im Moment interessiert mich

dieser Penner mehr. Beziehungsweise der Südamerikaner. Haben Sie was über den?«

Der Hauptkommissar ächzte. »Diplomaten? Sie wissen doch... Also, jedenfalls nicht viel. Die üblichen Verkehrsdelikte – falsches Parken, überhöhte Geschwindigkeit und so weiter, alles Dinge, die unter Immunität fallen und nicht verfolgt werden können. Er hat eine Tochter, Studentin. Personal ohne Eintragungen. – Hm. Aktives Sexualleben, der Herr. Meine Fresse!«

Der Mann vom BKA beugte sich über das Blatt und grinste. »Na ja, beneidenswert, so ein südländisches Temperament. Dazu Position und Aussehen. Ach ja.« Er seufzte.

»Ich bin verheiratet« sagte der Hauptkommissar mürrisch. »Und auch davon hab ich nicht viel, wegen der Überstunden.«

»Sind Sie sehr verheiratet?«

»Ziemlich gründlich, ja. – Weiter. Hm. Señor Villalba Narváez hat eine Tschessna dreihundertzehn römisch zwei Turbo in Wahn stehen.«

Der Mann vom BKA schüttelte den Kopf. »SSessna«, sagte er. »Amerikanisches Fabrikat, glaub ich. Jedenfalls kein Grund, es italienisch auszusprechen. – Fliegt er viel?«

»Gelegentlich. Nichts Auffälliges dabei.«

Der Mann vom BKA nickte, lehnte sich zurück und zündete die nächste Zigarette an. »Na gut«, sagte er gedehnt. »Aber erklären Sie mir doch mal eines. Wie kommt ein erwürgter Penner aus der Bonner City in den Geräteschuppen im Garten einer südamerikanischen Botschafter-Residenz im Godesberger Villenviertel? Wer hat den Mann erwürgt?«

»Fehlanzeige. Die Kollegen haben sich bei allen Bonner Pennern umgehört, soweit verfügbar. Dazu Krankenhäuser – vor allem Petrus, wo die Jungs immer hingebracht werden – und Asyl; außerdem Caritas undsoweiter. Nichts. Niemand hat was gesehen, niemand weiß was, keiner hatte was gegen ihn, niemand kann sich denken, wer ihn erwürgt haben soll.«

»Aha. Na gut. Aber noch was.« Er machte eine Pause.

»Ja?«

»Der Botschafter. Andinien ist kein besonders reiches Land. Er wird also keine astronomischen Summen verdienen. Wie lange ist er hier?«

»Hmmmm. – Vier Jahre.«

»Wann hat er sich die Cessna angeschafft?«

»Moment. Vor... vor drei Jahren.«

»Okay. Und was fährt er für einen Wagen?«

»Jaguar.«

»Seit wann hat er den?«

»Auch seit drei Jahren.«

»Blendend. Und jetzt sagen Sie mir mal, lieber Kollege, womit ein Botschafter eines kleinen Landes innerhalb von einem Jahr eine Cessna und einen Jaguar bezahlt.«

Der Hauptkommissar ließ das Blatt sinken, starrte den Mann vom BKA an und rieb sich die Augen. »Aha«, sagte er. Dann nickte er und sagte. »Oho.«

Martin Krollmann hatte eben gefrühstückt, als die Leiste mit den roten Lichtern in seinem Studio aufglühte, pulsierte. Er stand auf, ging die Treppe hinunter und öffnete.

Die Lektorin hieß Maria, war rothaarig und Anfang dreißig. Sie war mit dem Taxi vom Flughafen Wahn gekommen und hatte kräftig auf den Klingelknopf gedrückt. Dann hatte sie sich gewundert, weil sie in dem seltsamen Haus kein Klingeln hörte.

»Kommen Sie rein.« Krollmann deutete ins Haus.

Maria öffnete den Mund und bewegte die Lippen.

Er schüttelte den Kopf und hob die Hand. »Deshalb hab ich kein Telefon. Ich bin seit einem Motorradunfall vor ein paar Jahren taub.«

Sie starrte ihn an; dann ging sie an ihm vorbei, die Treppe hinauf. Er versuchte, hinter seinen eigenen Worten herzulauschen, aber mehr als ein vages, fernes Vibrieren war für ihn nicht wahrnehmbar.

Sie schaute sich im Studio um, während er frischen Kaffee kochte. Als er ins Studio kam, sah er ihren Rücken. Es war ein erfreulicher Rücken. Die roten Haare hingen bis knapp oberhalb der Hüfte. Plötzlich ging ihm seine Einsamkeit auf, und er schluckte. Halblaut – soweit er dies aus der Erinnerung sagen konnte, nach der Belastung der Stimmbänder und dem Druck, mit dem er die Luft einsetzte – sagte er: »Sie sind auch von hinten ein bezaubernder Anblick. Willkommen in meiner Klause.«

Sie drehte sich um und lächelte unsicher.

»Sprechen Sie ruhig. Möglichst langsam und deutlich. Ich hab ein bißchen Lippenlesen gelernt.«

Sie nickte und sagte etwas, langsam, übertrieben deutlich.

»Warum ich das nicht längst geschrieben habe?«

Nicken.

»Wenn Sie nur ein Bein hätten – hätten Sie mir das in unserer geschäftlichen Korrespondenz mitgeteilt?«

Sie lächelte verlegen und bewegte den Mund: Nein.

»Ich mag Ihren Mund«, sagte er. »Um dieses Thema abzuschließen: Es ist eine Sache im Innenohr. In den USA gibt es seit kurzem eine Operationsmethode mit vielleicht fünfzig Prozent Chancen. Sobald ich genug Geld zusammen hab, fliege ich hin. – Setzen Sie sich doch.«

Sie zuckte zusammen und verzog das Gesicht; das halboffene Fenster im Dach vibrierte.

»Der Bummelzug«, sagte Krollmann. »Tut mir leid. Das

Haus steht ein bißchen nah an der Strecke, wie? Aber deshalb war es so billig. Mich stört es ja nicht.«

Sie saßen und tranken Kaffee. Krollmann schob eine kleine Plastiktafel mit Schieber zum Löschen in die Mitte des Teetischs. »Wenn Sie mögen...« Er deutete auf die Tafel und legte einen Stift daneben.

Sie zögerte, sog den rechten Rand der Unterlippe zwischen die Zähne. Dann nahm sie den Stift und schrieb. »Tut mir leid. Sie sind okay. Sind Sie okay?«

Er lächelte. »Bin ich? Ich bin. – Was halten Sie davon?« Er deutete auf den Termitenschlund. »Als Titelbild.«

Sie stand auf, ging zur Staffelei, musterte das Ölbild, Einzelheiten, schüttelte sich kurz.

»Gut«, sagte sie deutlich, als sie sich ihm wieder zuwandte. »Wie soll es heißen?«

Er hob die Schultern. »Keine Ahnung.«

Sie betrachtete den Mund, die widerlichen Tiere, schien den erstickten Schrei, das Würgen und den notwendigen Tod zu hören. Dann griff sie zur Tafel. Sie malte Großbuchstaben: DAS KREISCHEN.

Es sollte der große Renner für den Weihnachtsmarkt werden; zwischen »Kling, Glöckchen, Klingelingeling«, Puter, Kerzen und Familie ein bißchen stille Horrornacht.

Krollmann hatte seine Zweifel hinsichtlich der Jahreszeit und des kalkulierten Erfolgs, behielt sie aber für sich. Sie besprachen Druckvarianten, Layout, Satzgröße, Einfügung der Illustrationen in die Texte, geringfügige Modifikationen, Farbe, Papierqualität, Einbandgestaltung. Vom Arbeitstisch aus sah man nur die Wipfel der Bäume an der Bahnstrecke. Zwischendurch stand die Lektorin einige Male auf, wenn der Boden zitterte; offenbar fand sie es romantisch, aus dem Südfenster auf die vorbeizuckelnden Züge zu blicken.

Sie verließen das Haus nicht einmal zum Mittagessen. Gegen halb drei öffnete Martin in seiner Küche zwei Büchsen Ravioli, erhitzte sie, schmierte Butter auf ein paar Scheiben Graubrot, als »Eskorte«. Maria inspizierte inzwischen seine Bibliothek. Zum Essen gab es eine Flasche '78er Rioja, danach wieder Kaffee.

Sie arbeiteten weiter, lachten oft; Martin redete so viel wie seit Jahren nicht mehr, Maria artikulierte überdeutlich oder schrieb auf die Tafel. Bei der Arbeit entdeckten sie Gemeinsamkeiten – ähnliche Vorlieben bei Graphiken, gleiche Lieblingsstücke bei Escher, ähnliche oder gleiche Abneigungen gegen diverse Modetrends, dieselbe Empfänglichkeit für bestimmte Formen des Makabren. Redend und schreibend entwickelten sie eine Art exklusiv persönlichen Smalltalks, lernten einander beinahe kennen.

Am späten Nachmittag deutete Martin in einer Arbeitspause auf das Gepäck und erwähnte das Hotel. »Längere Pause«, sagte er, eher als Vorschlag denn als Frage. »Einchekken, etwas essen gehen, morgen weitermachen?«

Sie blickte ebenfalls auf ihr Gepäck, nickte bei abgewandtem Gesicht, aber ihre Körperhaltung sagte nein.

»Sie ... du kannst auch hier übernachten. Auf der Couch oder sonstwo.«

Sie blickte ihn an, lächelte, sagte etwas, was er nicht verstand, aber begriff.

»Ich hab nur nicht mehr viel zu essen im Haus.«

Sie winkte ab, deutete auf die Papiere.

»Weitermachen?«

Sie arbeiteten weiter, bis kurz vor Sonnenuntergang. Eine andere Art Hunger war fast fühlbar. Martin hatte sich, ohne Hintergedanken, gegen seine auf den Abend gerichteten Gewohnheiten morgens gründlich gewaschen; nun dankte er seinen Sternen dafür. Eine besonders gräßliche Illustration erhielt, als sie nah beieinander die Köpfe darüber beugten, etwas seltsam Erotisches, und es war irgendwie völlig selbstverständlich, daß sie einander plötzlich küßten, lang und lang und lang; dann stand Maria auf und zog ihn hoch. Einige Zeit hielten sie einander einfach in den Armen. Über ihre Schulter sah er die Bäume vor dem Südfenster, im Dämmerlicht des späten Nachmittags.

Ihre Hände nestelten an den Knöpfen seines Flanellhemds, glitten dann tiefer, zum Gürtel, zum Reißverschluß der Jeans. Martin zog ihr das T-Shirt über den Kopf, sah, daß sie keinen BH trug, fand ihre schweren Brüste. Mit einer schnellen Bewegung öffnete sie ihren Rock, ließ sich auf die Knie nieder. Er hielt ihren Kopf, schloß die Augen, öffnete sie wieder und sagte halblaut, wahrscheinlich – wie er annahm – heiser: »Komm.« Die Liege unter dem Oberlicht wartete. Leise setzte er hinzu: »Der angenehmste Tag seit der Erschaffung der Welt.« Mit Bedauern und Vorfreude spürte er, wie ihr Mund ihn verließ.

Irgend etwas bewegte sich in einem der Bäume an der Strecke. Er registrierte es, ohne es zu registrieren. Geschmeidig stand Maria auf.

Das Fenster barst. Maria zuckte in seinen Armen zusammen, fiel gegen ihn, stemmte sich von ihm fort, blickte ihn oder niemanden an, schmerzlich erstaunt.

Bruchstücke vom Glas des Fensters glitzerten auf dem Teppichboden, im Licht der Schreibtischlampe und des Sonnenuntergangs. Kaum die Hälfte des Glases war noch im Rahmen, und die geborstenen Ränder bildeten keinerlei benennbare Figur. Die Asymmetrie tat ihm körperlich weh.

Maria glitt aus seinen Armen, drehte sich im Fallen halb um, lag auf der Seite, dann auf dem Bauch. Er beugte sich über sie.

Sie hatte sich nach dem Aufstehen halb seitlich gegen ihn

gepreßt, so daß ihre rechte Brust fast in seiner Achselhöhle gelegen hatte. Er kniete vor ihr. Sie lag verkrümmt, verkrampft auf dem Teppichboden; die linke Schulterpartie, über ihrem Herzen, war ein Entsetzen aus Fleischfetzen und Blut.

Lingen verließ das fünfstöckige Haus an der Siegburger Straße. Gegen acht Uhr war ein Helikopter Richtung Wahn geflogen, vom Balkon – der sich laut Mietvertrag »Loggia« nannte – gut zu sehen. Um halb neun hatte einer von Mijnheers Leuten angerufen: Die bestellten Waren seien unterwegs und würden vermutlich am folgenden Tag geliefert.

Es war ein Job mit »großer Sichtbarkeit«. Lingen konnte nicht aus dem Dunkeln zuschlagen und verschwinden; er mußte tagelang durch Bonn und Beuel gehen, geeignete Plätze suchen, Fluchtwege finden und prüfen. Dabei würde er zwangsläufig tausend Leuten begegnen, manchen möglicherweise mehrfach, und sie durften sich hinterher nicht oder nur vage erinnern können. Er besaß als einziger der unmittelbar für diesen Job in Frage kommenden Profis das, was man dazu brauchte. Er konnte sich völlig durchschnittlich bewegen, benehmen, verdrücken. Jeder würde das Gefühl haben, ihm schon mal begegnet zu sein, aber keiner würde sich an diese absolute Durchschnittlichkeit genau erinnern können. Deshalb nannte man ihn den Mann ohne Gesicht.

Während er von halb zehn bis gegen zwölf kreuz und quer durch Beuel marschierte und das Terrain sondierte, arbeitete ein Teil seines Gehirns automatisch an den nötigen Plänen, sammelte und verstaute Eindrücke, setzte Notwendigkeiten und örtliche Gegebenheiten zueinander in Beziehung. Ein anderer Gehirnteil tüftelte am notwendigen Gegenmanöver herum.

Neben alten Animositäten gab es ein weiteres Problem. Es stimmte schon – so, wie Mijnheer seinen Feuerzauber haben wollte, kam nur der Mann ohne Gesicht in Frage. Weshalb Mijnheer alles unbedingt so einrichten wollte, war ein Problem, für das Lingen sich zunächst nicht interessierte. Wichtiger war etwas anderes.

Natürlich würde Lingen, als Ausführender eines derartigen Anschlags, nicht einmal im Traum daran denken, an der falschen Stelle und in falscher Gesellschaft den Mund aufzumachen. Aber in dieser Größenordnung konnte der Auftraggeber es nicht riskieren, daß Lingen irgendwann einmal zufällig oder wegen einer anderen Sache geschnappt wurde.

Der Mann ohne Gesicht wußte genau, daß Sekunden nach dem Ende, Sekunden nach dem Abfeuern der Waffe und der Vernichtung des Ziels, von irgendwo über, hinter, unter oder neben ihm eine andere Waffe losgehen und ihn auslöschen sollte.

Die Aussicht stimmte ihn heiter, denn sie bedeutete, daß er endlich etwas tun durfte, was er schon lange tun wollte. Er durfte sich zielstrebig daran machen, zu einem bestimmten Zeitpunkt Sullivan und vor allem Mijnheer auszuschalten. Und indirekt wurde er von Mijnheer dafür bezahlt.

Die Verfolger waren umsichtig, aber nicht umsichtig genug. Er kannte die Männer nicht, die ihn diskret beobachteten, es spielte jedoch keine Rolle. Mijnheer verfügte über viele Mitarbeiter. Leise pfeifend kletterte Lingen den Abhang der von mehreren Autobahntrassen erwürgten alten Ritterkommende Ramersdorf hinab. Es war, für alle Eventualitäten, ein guter Platz. Ein wenig abseits von der direkten Flugschneise der Helikopter, aber mit freier Sicht und nicht zu weit entfernt; außerdem gleich neben der Strecke, die der Mann vom AA fahren mußte, wenn er mit dem Wagen zum Flugplatz wollte. Es gab ausreichende Fluchtmöglichkeiten – mehrere Nebenstraßen in den Ort hinein, eine Straße über das Siebengebirge zu östlichen Vororten; Busse und Straßen – beziehungsweise U-Bahnen. Von allen besichtigten Plätzen war die Kommende mit ihrer Umgebung am besten geeignet. Lingen beschloß, den Anschlag an einer anderen Stelle auszuführen und vielleicht die Kommende für sein Gegenmanöver zu nutzen. Oder auch nicht.

Schlendernd näherte er sich dem Bus- und U-Bahnhof Ramersdorf. Der unauffällige Fiat verschwand hinter einem Pfeiler der hochgezogenen Autobahn. Lingen hatte sich gut informiert. In zwei Minuten würde die Bahn unterirdisch Richtung Bonn City fahren.

Er umrundete das Gebäude. Der Fiat war außer Sicht. Lingen rannte die Treppen hinab, erreichte den Zug der Linie S, die über Bonn nach Siegburg führte, stieg ein, faltete vorschriftsmäßig seine am Vorabend erstandene Streifenkarte, entwertete zwei Abschnitte und setzte sich. Als der Zug losfuhr, erschien ein eiliger Mann in hellbraunem Anzug auf dem Bahnsteig. Zu spät.

Die U-Bahn tauchte auf der Südbrücke aus der Tiefe, hielt am Brückenende an einer Haltestelle, fuhr wieder an. Hinab in die Unterwelt. Dann wieder hinauf, auf den Mittelstreifen der B9. Von der Brücke kam der hellgraue Ritmo. Lingen verkniff sich ein freundliches Winken. Der Fiat bog auf die Diplomatenrennbahn Godesberg-Bonn ein und jagte nach Norden. Die Bahn fuhr an.

»Das schaffen die nie«, murmelte er.

Beinahe doch, aber der Zufall half. An der nächsten Ampel, in Nähe der Parteienzentralen, stand ein Polizeiwagen. Die beiden im Fiat hätten im Halteverbot halten und dann bei fließendem Verkehr, in Sichtweite der Polizisten, über die Straße sprinten müssen, um die Bahn an der Haltestelle zu erwischen. Vermutlich hätten die Polizisten gegrinst und mit dem Finger gedroht – mehr nicht. Aber das konnten Mijnheers Leute nicht riskieren. Der Fiat fuhr weiter Richtung Bonn City, und die U-Bahn tauchte in den Untergrund.

Zwei Stunden später sah Lingen die Bewacher wieder, in der Nähe des Bahnhofs. Sie taten, als hätten sie ihn nicht gesehen. Er ging pfeifend an ihnen vorüber. Inzwischen verfügte er über ein Zimmer in einem Hotel Garni der Fußgängerzone. Er fragte sich, wo die beiden ihren Wagen gelassen haben mochten.

Mit der Linie S fuhr er – diesmal über die Kennedybrücke – wieder nach Beuel, wanderte vom Beueler Bahnhof den Bahndamm entlang, beobachtete auf der Brücke zwischen Königswinterer und Limpericher Straße einen Vater mit seinem Sohn, die der Rangierlok winkten, merkte sich ein paar verstrüppte Senken, fand nicht weit vom Beueler Hubschrauberlandeplatz eine interessante Schrebergärtenkolonie mit beinahe freiem Blick auf das Landefeld in der rechtsseitigen Rheinaue. Am späten Nachmittag hängte er die Beobachter – die Eskorte hatte gewechselt; es waren nun zwei andere Männer in einem bräunlichen Capri – wieder ab und fuhr mit der Bahn nach Köln, um einige Vorbereitungen zu treffen, bei denen er nicht beobachtet werden wollte.

Er verbrachte den Abend und die Nacht in der Beueler Wohnung, ohne weitere Anrufe zu erhalten. Um neun verließ er das Haus, stieg in ein wartendes Taxi und ließ sich – verfolgt von einem grünlichen Kadett – auf die Vorderseite des Bonner Hauptbahnhofs bringen, lief durch die Passage unter dem Bahnhof zur Rückseite, erwischte ein Taxi und fuhr – ohne Eskorte – zum Nordwestverteiler über der Autobahn, genannt Endenicher Ei. Dort wartete er ein paar Minuten, halb verborgen hinter geparkten Autos. Der Kadett tauchte nicht auf, auch kein Fiat oder Capri.

Der Flughafenbus hatte nur wenig Verspätung. Kurz vor dem Flughafenkreuz wurden sie unter schrillem Gehupe überholt, zunächst von einem beigen 500er, unmittelbar danach von einem Jaguar. Lingen saß hinten links auf einem Fensterplatz. Er kannte den Mercedes; es war einer der Wagen von Mijnheer. Der Jaguar gehörte einem Diplomaten. Lingen merkte sich automatisch die Nummer, die mit O für *Official* begann und mit 1 endete, also dem Botschafter der Vertretung zustand.

Am Flughafen sah Lingen die beiden Wagen wieder; sie standen vor dem General-Aviation-Teil, wo Privatflieger ihre Routen und Wetterberichte erhielten.

Lingen begab sich aufs Abflug-Deck, kaufte eine Zeitung und trank an einer Bar Kaffee. Als er nach einer halben Stunde einen Blick vor das Gebäude riskierte, waren die beiden Wagen verschwunden. Leise summend ging er wieder hinein. Unter mehreren Namen, mit mehreren Kreditkarten buchte er an verschiedenen Schaltern Flüge – mit BA von Düsseldorf nach Glasgow, mit SK von Frankfurt nach Bergen, unter dem Namen Lingen mit LH von Frankfurt nach Larnaka, mit SR von Köln nach Zürich, mit IB von Düsseldorf nach Madrid. Er notierte alternative Anschluß- beziehungsweise Verbindungsflüge, die Abfahrtszeiten des Lufthansa-Express in Bonn; dann mietete er als Johannes Roth bei Avis einen Wagen und fuhr einige Stunden auf immer absurderen Landstraßen zwischen Bonn und Wahn umher. Als er sicher war, sämtliche Um- und Schleichwege wieder verfügbar zu haben, zuckelte er nach Beuel. In der Nähe des fünfstöckigen Hauses stand ein dunkelblauer Toyota. Lingen hielt hinter ihm, stieg aus und klopfte ans Fenster des Beifahrers.

»Ja?« Der Mann blickte ihn völlig verdattert an.

Lingen grinste, reichte ihm Schlüssel, Papiere und einen Hunderter in den Wagen. »Da. Sie können sich zur Abwechslung mal nützlich machen, statt mich immer zu verlieren. Bringen Sie den bitte zu Avis, mit Grüßen von Herrn Roth. Wenn von dem Hunderter was übrigbleibt, ist es für Sie. Wenn es nicht reicht – den Rest bezahlt Mijnheer.«

»Denken Sie an Ihre Tochter. Und, zum Beispiel, an die Papiere, die Sie gelegentlich abstempeln.«

»Was?« Villalba ließ die Tragfläche los und fuhr herum. Er starrte den widerlichen, fetten Eurasier an, der da im Hangar stand, als ob ihm der ganze Flughafen gehörte.

»Tun Sie nicht so. Noch nie von Neumann gehört, wie?«

Villalba schwieg.

»Übrigens«, sagte der längere Mann neben dem Eurasier, »die beiden, die mitfliegen, haben neben Zuverlässigkeit noch ein paar andere Eigenschaften. Beide wissen genau, worum es geht. Bruno hier, Ihr Copilot« – er deutete auf den schweigsamen Grauhaarigen –, »kann Deutsch, Englisch und Französisch. Und Hussein spricht Französisch, Spanisch und Arabisch. Sie sollten keine unanständigen Gespräche mit irgendwelchen Towerbesatzungen führen, klar?«

Villalba nickte; der kleine Marokkaner grinste.

Sie schoben die Cessna aus dem Hangar. Als Villalba sich noch einmal umdrehte, waren der Lange und der Eurasier verschwunden.

»Check«, sagte Bruno.

Hussein setzte sich hinter Villalba. Der Botschafter spürte plötzlich etwas Kaltes im Nacken. Als er sich umdrehte, zeigte der Marokkaner ihm ein langes Messer.

»*¿Comprende?*«

Villalba verzog das Gesicht und nickte.

Eine halbe Stunde später waren sie in der Luft. »Und was wollen wir in Paris?« sagte Villalba, ohne sich direkt an Bruno zu wenden.

»Nichts.«

»Aber wir haben doch ...«

»Paris angegeben. Klar. Wir fliegen *über* Paris.«

Villalba seufzte. »Und dann?«

»Nachtanken in Valencia.«

»Und dann?«

Bruno warf ihm einen tadelnden Blick zu. »Sind Sie immer so neugierig?«

»Nur, wenn es um meine Person geht«, knurrte Villalba, kaum hörbar über dem Geräusch der beiden Motoren. Dann grinste er bitter. »Und meine Maschine. Und mein Geld. Und meine Tochter.«

»In dieser Reihenfolge?«

»Egal.«

Bruno nickte. »Wie Sie sagen: Egal. Sie werden es früh genug erfahren.«

»Soll ich es nochmal versuchen?« Gonzo schien den Anschiß ungerührt überhört zu haben.

Lorre, hinter dem Schreibtisch stehend, stützte sich mit den Fäusten auf die Platte und beugte sich vor. Er öffnete den Mund zu einem mittleren Gebrüll, besann sich dann und sagte gefährlich leise: »Du bist vollkommen irrsinnig. Erst die Murkserei mit Ahmed. Dann knallst du Krollmanns Freundin ab. Jetzt wimmelt es da von Bullen, die Krollmann keinen Moment aus den Augen lassen werden – und du willst es nochmal versuchen! Was ...«

Das Telefon klingelte. Lorre knirschte mit den Zähnen und deutete auf die Tür. Gonzo drehte sich um und verschwand im Nebenzimmer.

»Schmidt, Transporte.« Lorre hielt den Hörer ein wenig vom Ohr fort, als ob der Gesprächspartner zu laut spräche. »Ja, soweit alles klar. Die Dinger sind hier. Holt ihr sie ab, oder sollen wir...? Nee, gut. – Nein, mach ich selbst. Ich warte auf Sie. – Eh, noch was, Sullivan. Das Ministerium... – Ja, genau, den mein ich. Er wird lästig. – Nein, so nicht. Aber er weiß ein bißchen viel. – Nee, nee, keine Sorge. *Soviel* weiß er nicht. Aber wenn er mal zwei und zwei zusammenzählt... – ja, das könnt ich versuchen. Ich seh ihn wahrscheinlich heute abend. Sonst ruf ich ihn an. Also nicht vor morgen früh, klar? – Gut. Bis nachher.«

»Was das Ministerium angeht«, sagte Sullivan, »da hat Mijnheer andere Vorschläge. Vielleicht lassen sich ein paar Dinge gleichzeitig erledigen, gewissermaßen mit *einer* Klappe.« Er lehnte sich gegen den Transporter und blickte Lorre abwartend an.

Lorre starrte auf die verladenen Objekte. Sie steckten in langen, schweren, behutsam zu behandelnden Kisten. »Hm. Ich weiß nicht... Man soll die Dinge nicht zu kompliziert machen. Was meint er denn?«

Sullivan beugte sich vor. »Habt ihr nicht im Moment gewisse... Probleme? Mit einem Maler?«

Lorre kniff die Brauen zusammen. »Woher...?«

Sullivan zuckte mit den Schultern. »Man hört so allerlei«, sagte er fröhlich. »Geschichten über Türkinnen, zum Beispiel. Und bestimmte Formen von Stümperei, an denen sich eine bestimmte Handschrift ablesen läßt.«

Lorre nickte. »Stimmt schon. Ja, also was?«

»Ein paar Telefonate. Vielleicht sollten mehrere Leute auf

eine große Reise gehen. Wir übernehmen das gern – gegen einen Nachlaß im Preis für gewisse Objekte.«

Lorre zögerte; dann schüttelte er den Kopf. »Ich weiß nicht, was ihr vorhabt, aber ihr tut es sowieso. Weil ihr euch was davon versprecht. Kein Geschäft mit mir.«

Sullivan grinste. »War den Versuch wert. Okay, wir räumen ab.«

Er wandte sich zum Gehen und warf dabei die Hecktür des Transporters zu. Lorre hielt ihn an der Schulter fest.

»Wer soll eigentlich mit den ... Dingern da drin spielen?«

»Wer schon?«

»Habt ihr Lingen angeheuert? Ich denke, der will nicht für euch?«

Sullivan stieg ins Führerhaus. »Stimmt. Aber wir haben ihn überredet.«

Lorre schnitt eine Grimasse. »Wenn das so ist, dann will ich lieber nicht wissen, was ihr vorhabt.«

Sullivan kurbelte das Fenster herunter und steckte den Kopf ins Freie. »Was?«

»Nix.«

»Mh-hm. Besser so.«

Lorre blickte dem abfahrenden Wagen nach; dann schüttelte er sich und ging langsam zurück in sein Büro.

Als einige Zeit später Pattex den Kopf zu ihm hineinsteckte, um sich nach etwaigen neuen Aufträgen zu erkundigen, sah er Lorre vor dem kleinen Bullerofen knien und Papiere verbrennen.

»Chef, is was? Brauchen Sie Hilfe?«

Lorre stand auf und griff nach einem Lappen; er wischte sich die Hände. »Nee. Oder doch. Paß auf. Sag allen, sie sollen die Ohren aufhalten. Irgendwas ist los, was Großes, und irgendwie paßt mir das nicht, glaub ich.«

Pattex starrte ihn fragend an.

»Ich weiß nix Genaues, Mann. Bloß: Wenn einer von euch irgendwas hört, was ihm komisch vorkommt... Ihr wißt schon. – Ah, und noch was. Kann sein, daß Lingen auftaucht.«

Pattex setzte eine ehrfurchtsvolle Miene auf. »Der Mann ohne Gesicht?«

»Ja. Wenn er kommt, sofort zu mir lassen oder bringen. Und wenn ich nicht da bin, alles tun, was er will. Auch wenn er irgendein Spielzeug braucht. Kapiert?«

»Und wenn er keine Knete hat?«

»Auch dann.« Lorre verzog den Mund. »Nee. Dann erst recht.«

Ein alter Geschäftsfreund rief einen alten Geschäftsfreund an, beim BDI. Er äußerte einen Wunsch und erinnerte an gewisse gemeinsame Interessen, seien sie vergangen, gegenwärtig oder zukünftig. Der Herr vom BDI rief nach kurzem Überlegen einen alten Geschäftsfreund in Philadelphia an. In den USA wurden mehrere Anrufe getätigt, zwei davon führten zu Ferngesprächen mit Partnern in der BRD. Dort wiederum löste einer der Anrufe eine ganze Serie weiterer Telefonate aus. In Ministerien, Industrie, Geschäftskreisen diesseits und jenseits des Atlantik wurden an einem Tag in dieser Sache etwa siebzig Gespräche geführt; die gesamte Telefonzeit dürfte bei viereinhalb Stunden gelegen haben, der Gegenwert der Gesprächsgebühren bei DM 350,–.

Der herzzerreißende Zeitungsbericht über die meuchlings beim Liebesspiel erschossene Verlagslektorin und den tauben Maler, dem die Kugel gegolten hatte, war eine bezaubernde Lektüre. Sie brachte den hohen Beamten des Innenministeriums auf eine blendende Idee. Er setzte sich mit einigen Parteifreunden ins Benehmen; die entscheidende Bemerkung, die er gegenüber einem in Finanzfragen Maßgeblichen machte, lautete:

»Schaun Sie, lieber Freund – es kostet uns ja nicht sehr viel. Angenommen, dem armen Kerl fehlen für seine Operation noch zehntausend Mark, meinethalben das Doppelte. Na und? Wozu haben wir die Kriegskasse? Was kostet ein Plakat? Und was bringt es ein? Aber was, meinen Sie, wird es uns an Sympathien einbringen, wenn wir diesem talentierten jungen Maler, arg gebeutelt vom Schicksal und derlei Schmu, sein Ohrenlicht, oder wie man das nennt, wieder beschaffen? Und vor allem, wenn wir eher auf diesen Gedanken kommen als die, eh, Freunde im AA? Oder die Opposition?«

»Sie haben recht«, sagte der andere heiser ins Telefon. »Es kostet uns nicht viel, es bringt uns auch nicht viel ein. Das einzige, was mich interessiert, ist die Möglichkeit, *denen* eins auszuwischen.«

Der Beamte im Innenministerium machte einige Detailvorschläge. Nachdem sie abgesegnet waren, leitete er die nötigen Schritte ein – in den USA, wo ein Klinikbett reserviert wurde; beim Grenzschutz, der einen größeren Helikopter für den Flug Bonn-Wahn bereitzustellen hatte; bei den Planungsleuten vom Auswärtigen Amt, von denen zumindest einer vernehmlich mit den Zähnen knirschte.

»*Ein* Aufwaschen«, sagte der hohe Beamte später, in einem anderen Telefonat. »Sehr freundlich von Ihnen, mir den Tip zu geben. Nun ja. Die Delegation hat in Washington auch Fragen des Völkerrechts zu klären – im Rahmen bilateraler und multilateraler Abkommen, die spätestens nächstes Jahr zur Tagesordnung gehören werden. Da wird ein erfahrener Mann vom Justizministerum schon hilfreich sein. Goldmünzen, sagen Sie? Hm. Ach, ich könnte mir denken, daß in seiner Abwesenheit jemand ganz dringend bestimmte Unterlagen in seinem Büro suchen muß. Man wird sehen. Aber halten Sie mich auf dem laufenden, wenn Sie mehr erfahren sollten.«

Nach dem Gespräch grübelte er einige Minuten, bis er den richtigen Mann gefunden hatte, der dem Maler die frohe Botschaft überbringen konnte. Ein netter, noch relativ junger Abgeordneter, der Karrierepunkte sammelte und nicht oft genug in der Zeitung erscheinen konnte. Einige Presseleute – zuverlässig und handverlesen – würden ihn begleiten. Ganz entschieden eine gute Sache. Er stand auf, sah einen Moment aus dem Fenster, ging dann an den kleinen Schrank aus dunkel gebeiztem Nußbaum und goß sich einen Lepanto ein.

»Verdammte Scheiße. Ich weiß es nicht.« Der Hauptkommissar schlug mit der flachen Hand auf die Zeitung.

Der Mann vom BKA spielte mit seinem Feuerzeug, ließ es immer wieder aufflammen. »Schon eher Rattenkacke. Würde ich sagen. Irgendwer hat geplappert. ›Führt Spur zu Waffenschmugglern?‹ So ein Blödsinn. ›Interessante Entwicklungen im Fall des toten Persers.‹ Wir können ja auch gleich annoncieren, damit nur ja alle möglichen Betroffenen auf Tauchstation gehen.«

»Ja. Ja. Ja. Nun machen Sie mich nicht an, Mann. Ich weiß nicht, wer den Mund aufgemacht hat.«

»Und dabei haben wir eigentlich nichts in der Hand.«

Der Hauptkommissar nickte griesgrämig. »Eben. Andererseits – vielleicht bringt das die Leute dazu, sich bedroht zu fühlen und eine falsche Bewegung zu machen.«

Das BKA prustete. »Sie lesen zu viele Krimis, glaub ich.

Abwarten, bis der Verbrecher den nächsten Fehler macht – wer ist das? Sherlock Holmes? Maigret? Nero Wolfe?«

»Orchideenzüchten«, murmelte der Hauptkommissar. »Das wäre mal was anderes. – Ja, was gibt's denn?«

Der Assistent öffnete die Tür einen Spalt weiter. »Da ist eine junge Frau. Sie will irgendwas aussagen. Ich glaube, es hängt mit diesem Ahmed zusammen.«

»Rein!«

Die junge Frau trug kein Kopftuch, sprach aber fast nur Türkisch. Nach kurzem, verwirrendem Gestammel beiderseits ließ der Hauptkommissar einen Dolmetscher kommen.

»Sie sagt, sie kommt wegen diesem Perser. Ahmed.«

»Fragen Sie sie, was sie uns sagen will.«

Die junge Frau tupfte sich die Augen. Ein Redeschwall. Der Dolmetscher nickte immer wieder, machte sich Notizen, hob dann die Hand und brachte den Schwall zum Stoppen.

»Also. Das is eine ziemlisch kitzlische Sach.« Der Mann stammte aus Wiesbaden. Der BKA-Beamte schnaubte. »Sie hat, kurz gesagt, mit diesem Perser da, Ahmed, eine – ein Techtelmechtel gehabt. Jetzt ist sie schwanger.«

»Oh Firmament, Gesäß und Bindfaden. Weiter bitte.«

»Man soll nie Theorien aufstellen«, murmelte der Hauptkommissar. »Unklarheit ist die einzige Konstante in jeder Rechnung.«

»Soll ich das übersetzen?«

Der Hauptkommissar winkte ab.

Die Frau redete weiter. Ihr Vater, sagte sie, nehme es mit der türkischen Familienehre sehr genau. Er beliefere türkische Läden und Restaurants mit türkischen Produkten, und Ahmed, obwohl Perser, habe für ihn gearbeitet. Natürlich sei er als ehemaliger Student zu gut für die Sache gewesen, aber trotzdem, er habe sich gut eingefügt. Und dann sei es eben passiert. Und dann sei Ahmed plötzlich fortgewesen, nachdem der Vater sie einmal bei einer harmlosen Umarmung erwischt habe.

»Liebe groß«, sagte sie; zwei dicke Tränen rannen ihr die Wangen hinab. »Kind« – sie legte die Hand auf den Bauch – »Vater.«

»Fragen Sie«, sagte der Hauptkommissar, »wo sie jetzt wohnt. Wenn das alles so zusammenhängt – woher nimmt sie den Mut, es uns zu erzählen, wenn sie noch bei ihrem Vater lebt?«

Der Dolmetscher sagte etwas, wartete, übersetzte.

»Sie sagt, nein, sie wohnt nicht mehr bei ihrem Vater. Sie ist jetzt im Haus des ältesten Bruders der Mutter und reist bald zu Verwandten nach Frankreich. Um – Sie wissen schon.«

»Ja.«

Der Mann vom BKA zog das Blatt mit der Kopie der zweiten, neuen Krollmann-Skizze vom Bahntäter aus einem Aktendeckel.

Die junge Türkin betrachtete das Bild aufmerksam, schüttelte dann den Kopf. »Nix kennen. Nix gesehn. Nix Mann von Vater.«

4

Sie bewachten ihn jetzt rund um die Uhr. Im Moment hockte ein hagerer Mann mit Halbglatze und Hakennase neben dem Südfenster, starrte hinaus, trank zwischendurch Kaffee und gähnte im Drei-Minuten-Takt.

Martin Krollmann stand vor dem schrägen, großen Leuchtpult. In der Linken hielt er ein Senfglas voll Calvados (Hors d'Age), aus dem er periodisch trank. Die Rechte hantierte, fast ohne sein bewußtes Zutun, mit verschiedenen Stiften.

Als der Politiker und die Presseleute gekommen waren, hatte er das Trinken unterbrochen; zum Glück waren sie nicht lange geblieben. Natürlich hatte er das Geschenk oder Angebot angenommen; Volmershoven wimmelte neuerdings von Leichen, die USA konnten da auch nicht schlimmer sein. Außerdem stieß ihn die Geschwätzigkeit der Leute doch nicht ausreichend ab, um auf die mit der Operation verbundene Chance ganz zu verzichten.

Zu Beginn der Flasche hatte er sich gefühlt wie der Insasse einer Lawine, der weder weiß, wie er hineingekommen ist, noch wohin die Reise geht, noch ob er irgendwie aussteigen kann. Inzwischen waren die Empfindungen zu kompliziert geworden, so daß er sie den Stiften und der automatisch arbeitenden Hand überließ.

Er leerte das Glas und fiel in die verschwommene Gegenwart zurück. Das Bild, wenn es eines war, starrte ihn an, als ob es sagen wollte: Da hast du mich. Eine aufgereihte und gestaffelte Sammlung bizarrer Objekte ohne jeden erkennbaren Sinn, ohne auch nur zu ahnende Funktion, stand auf einer öden Fläche. Von irgendwo kam Licht, indirekt; unterhalb des Horizonts? Es mußte eine Art Halbkreis-Licht sein; die scheußlichen Schatten der Objekte fielen sämtlich in die Bildmitte, wo ein schmaler Strich, ein Weg, ein ebenmäßig schrumpfender Scheitel in die Ferne floh. Er endete zwischen nicht genau sichtbaren Dingen, die malmende Kiefer oder Zahnwalzen sein mochten. Diesen Strich hinkte eine Figur entlang, hin zu Horizont und Gemalme. Ein hauchdünner Faden, an der Figur befestigt, schien sie zu ziehen; Fäden führten ebenfalls von den widerwärtigen Gegenständen, die die Schatten schleuderten, fort zum Bildrand, über den sich eine warzige, siebenfingrige Hand reckte, die ihrerseits auf einem Finger steckte, einem von mindestens fünfzehn Fingern, deren Kuppen eben noch zu ahnen waren.

Krollmann goß das Senfglas wieder voll und stand mit schräggelegtem Kopf vor seinem Opus. Er hatte die Schatten scharf gezeichnet, mit Klingen und Schneiden statt Umrissen, aber in den tödlichen Schatten war das Sterben gemütlicher als auf dem schmalen Einbahnstrich. Langsam, fast ohne hinzusehen, griff er noch einmal zu einem Stift und krakelte einen Titel in die untere rechte Ecke. DIE SCHATTENSCHNEISE.

Er ließ sich auf die Liege plumpsen. Irgendwo dort, vielleicht auf dem Boden darunter, mußte der Zettel liegen, auf dem er mit der Liste der nötig zu packenden Dinge begonnen hatte. Übermorgen. Er versuchte, sich auf einen normalen Ablauf von Zeit zu konzentrieren. Marias Augen. Die Fischaugen des Abgeordneten. Die Adleraugen des Heckenschützen. Wipfelschützen.

Es blieb nicht viel zu tun. Die mit Maria erarbeitete Reihenfolge der Texte und Illustrationen abtippen, ein Kurierpaket packen, es von UPS abholen lassen – Anweisung des Verlags –, Unterhosen und Socken sortieren, Taschengeld besorgen (mit Eskorte) und alles andere der Partei des Abgeordneten und dem Räderwerk des Apparats überlasssen. Ein Bett in der Klinik, ein Termin für die Operation. Er versuchte sich vorzustellen, wie Marias Stimme klänge, wenn er sie noch hören könnte, falls er wieder würde hören können.

Lorre goß Kaffee und Whisky nach und blickte in das ausdruckslose Durchschnittsgesicht. »Stinger?«

Lingen nickte, hob das Whiskyglas, trank ihm zu. »Und Sams; ich weiß nicht genau wie viele. Heute abend sollen sie geliefert werden. Angeblich geht es übermorgen schon los.«

Lorre beugte sich vor. »Erzähl mir nichts. Wenn Mijnheer Stingers und Sams organisiert und dich anheuert, will ich nichts wissen.«

Der Mann ohne Gesicht grinste. »Angst?«

Lorre runzelte die Stirn. »Sagen wir – Skepsis, ob mein verschüttetes Gewissen sich nicht rühren sollte.«

»Du leistest dir merkwürdige Luxusartikel.«

»Stimmt schon. Aber so ganz läßt sich das nicht amputieren. Was brauchst du von mir?«

Lingen rümpfte die Nase. »Eine Art Rückversicherung.«

Lorre schwieg. Er dachte an einen länger zurückliegenden Abend, als der Spitzname ihm noch nicht so fest angepaßt war wie eine körpereigene Brille; an das Messer eines hitzigen schwedischen Waffenschiebers; an das Gefühl von Kälte an der Kehle; an Lingens schnellen, kühlen Schuß, fast aus der Hüfte, fast wie im Western.

»Rückversicherung?«

»Ja. Denk mal nach.«

Lorre nickte, sehr langsam. »Ich fürchte, du hast recht. Ich will es nicht genau wissen, aber wenn Mijnheer einen großen Feuerzauber machen will, mit Raketen und allem Tamtam, und dich auf irgendeine Weise dazu gekriegt oder gezwungen hat, die Sache zu übernehmen, dann muß das was ganz Großes sein. Und nach was ganz Großem dürfen keine Zeugen übrigbleiben. Du würdest zwar nie singen, aber...«

»Mißtrauen ist die Großmutter von dem, wovon Vorsicht angeblich die Mutter ist.«

Lorre räusperte sich, aber die Heiserkeit blieb. »Ich schulde dir was...«

Lingen winkte ab. »Keine Sorge. Ich bin nicht gekommen, um irgendwas zu fordern. Ich brauch nur ein oder zwei Geräte.«

»Ah. Dann ist mir wohler. Was?«

Der Mann ohne Gesicht zögerte. »Wenn ich das so genau wüßte. Ich schätze, die werden genau zusehen, was ich mache – aus der Ferne, aus der Nähe, aus der Luft, weiß der Geier. Sobald ich meinen Job getan hab, wird von denen jemand auf einen Knopf drücken.«

Lorre hüstelte. »Sullivan...«

»Ja?«

»Der verrückte Ire hat bestimmte Gewohnheiten. Er begleicht derlei Rechnungen gern aus einem fahrenden Auto.«

Lingen schob die Unterlippe vor. »Hm. Tja, das wäre möglich. Gegen ein paar andere Eventualitäten bin ich im Prinzip gerüstet, aber Auto... Wie wär's mit ner Bazooka?«

Lorre kratzte sich den Brustpelz. »Hab ich nicht. Außerdem zu schwer, zu unhandlich. Aber es gibt da ein paar nette Anti-Tank-Waffen, leichter, moderner, einfach zu bedienen. Die neueren NATO-Produkte...«

»Kenn ich. Was hast du da?«

Lorre stand auf. »Komm am besten mal mit. Das sollten wir mal einzeln durchgehen. Es gibt auch ein paar gute Brasilianer; die bauen neuerdings so einiges.«

»Ohne Rückstoß?«

»Klar. Ohne Schickimickikram und Zierleisten, aber zuverlässig.«

Lingen erhob sich ebenfalls. »Es gibt auch ein paar israelische Nachbauten.«

Lorre winkte. »Komm. Mal sehen, was wir haben.«

Als Lingen abgefahren war, stand Lorre noch einen Moment gebeugt hinter seinem Schreibtisch. Er dachte an das Blatt mit der Skizze eines Mannes, der einen anderen auf Schienen gelegt hatte.

»Pattex!«

Der korpulente Mann öffnete die Tür. »Chef?«

»Einsatzbereit?«

»Immer.« Er klopfte an die linke Brust; es war nicht ganz klar, ob er die Waffe unter der Achsel oder seine blutige Solidarität mit der Firma meinte.

»Mir ist nicht ganz wohl«, sagte Lorre, als sie in die Dämmerung fuhren. Er saß hinter Gonzo.

Pattex drehte sich auf dem Beifahrersitz um. »Wieso? Was denn?«

»Lingen.«

Gonzo schnaubte. »Guter Mann. Legende. Aber wieso is Ihnen da nich wohl bei, Chef? Ärger mit ihm?«

»Nee. Mir fallen nur diese Knalltüten von Möchtegern-Terroristen ein. Die waren doch heute wieder bei uns in der Nähe.«

Gonzo nickte. Er hatte die Gestalten gesehen, sie Lorre gezeigt und vermutlich seine eigenen Schlüsse gezogen.

»Die wollten doch dickere Feuerspritzen. Wenn sie wirklich noch da waren und Lingen gesehen haben...«

Pattex gluckste. »Also, die Spitze von denen, okay. Aber diese paar Lümmel, zehnte Garnitur, die nich mal selber ihre Knarren beschaffen können, mit denen wird Lingen doch fertig.«

»Wir wissen nicht, wie viele es sind. Und in jedem Fall ist es gut, bei Lingen ein Guthaben zu haben.«

Lorre wußte, wohin Lingen mit seiner Fracht wollte, da er ihm selbst gesagt hatte, wie er zu der alten ungenutzten Garage bei Stieldorf fahren sollte. Der Mann ohne Gesicht hatte verständlich wenig Lust, zweierlei Arsenal in einem gemieteten und nicht besonders gesicherten Keller zu deponieren. Vor allem, da Mijnheers Leute den Keller kannten.

Sie hatten ihn auf dem von Lorre als Abkürzung angegebenen Feldweg gestellt. Ein BMW stand quer vor Lingens Fünfthand-Opel, vermutlich nach einem waghalsigen Überholmanöver. Ein Mitsubishi dahinter. Die Schüsse waren kaum zu hören, als Lorre, Gonzo und Pattex mit jaulendem Vierradantrieb näherkamen, aber es war inzwischen dunkel genug. Man sah kleinere und größere Blitze.

Sie rammten den Mitsubishi und fielen aus den Türen. Eine kniende Silhouette feuerte auf sie. Lorre hörte Pattex fluchen und feuern; Gonzo lag vor ihm auf dem Boden und ballerte global.

Ein paar Querschläger. Jemand stieß einen schrillen Schrei aus. Dann schrie eine hohe, kippende Stimme:

»Aufhören! Hört doch auf! Wir kapitulieren!«

Irgendwo aus dem Dunkel kam Lingens Stimme, kühl und spöttisch: »Sie kapitulieren! Der Volkskrieg bricht zusammen.«

Zwei lebten; beide unverletzt. Zwei waren mehr oder minder tot; Lorre hätte nach Betrachtung der Wunden auch für einen Freund keinen Krankenwagen mehr alarmiert. Abgesehen von allem anderen, was dagegen sprach. Es dauerte nicht lang.

Lingen hielt die beiden Überlebenden in Schach, während Gonzo sie gegen den Mitsubishi stieß und schnell, gründlich und grob abtastete.

»Sauber«, sagte er schließlich. Er kam mit einem Armvoll assortierter Mordwerkzeuge zu Lorre. »Wandernde Schießbuden.« Er warf die Waffen, gesichert, in den Patrol.

»Wo steckt Pattex?« sagte er plötzlich.

Lorre, der mehrfach von einer Seite zur anderen gerobbt, später gegangen war, deutete zum rechten Wegrand.

Gonzo klackte mit der Zunge, beugte sich über den Leichnam, richtete sich wieder auf. »Scheiße. Muß n Querschläger gewesen sein.«

»Wieso?« Lingen hielt immer noch seine Handwaffe auf die beiden gerichtet.

»Genick«, sagte Gonzo.

»Oder er hat sich dämlich gedreht«, sagte Lorre.

Gonzo nickte in die Dunkelheit. »Kann sein. Bißchen tapsig isser ja immer gewesen.«

Gonzo fuhr den BMW an den Rand, halb ins Feld. Die beiden Überlebenden durften ihre toten Kollegen in den Wagen heben. Einer der beiden Heber schluchzte unterdrückt. Danach kam Pattex an die Reihe; er wurde in den Mitsubishi gelegt. Gonzo salutierte und stieg zu seinem toten Kumpel.

»Aber sieh zu, daß beides verschwindet. Spurlos«, sagte Lorre.

Gonzo nickte, winkte, startete, setzte mehrfach vor und zurück, zog an Opel und BMW vorüber, wendete und brauste davon.

»So, jetzt zu euch.« Lorre bewegte seine Browning; die beiden standen mit hängenden Armen vor ihm.

»Was machen wir mit denen?« sagte Lingen.

»Hast du einen Vorschlag?«

Lingen knurrte.

»Habt ihr einen Vorschlag?«

Schweigen.

»Mitnehmen«, sagte Lingen. »Wir werden ein bißchen euer Hirte sein und euch mangeln.«

Er stieß den linken Gefangenen zum Opel, hinter das Steuer, und setzte sich neben ihn, während Lorre zielend zuschaute.

»Wohin?«

Lorre überlegte. »Ach, die Garage, trotz allem. Ist nicht schlecht.«

»Auf geht's«, sagte Lingen. »Bis gleich.«

In der Garage, die einsam auf einem Feld stand, neben einem Wäldchen, und zu der früher einmal ein abgebrannter Aussiedlerhof gehört hatte, beratschlagten Lorre und Lingen leise. Sie hatten die beiden Terroristen gefesselt und in eine Ecke gesetzt, wo sie keinen Unfug anrichten konnten.

»Was war mit Pattex?« sagte Lingen halblaut.

»Den hat's erwischt, hast du doch gehört.«

»Ja schon, aber warum?«

Lorre seufzte. »Er hat sich bei was sehen lassen, und jemand hat eine Zeichnung von ihm gemacht.«

Lingen nickte. »So was ähnliches hab ich mir gedacht. Na denn. Jetzt zu denen da.«

Lorre hob die Stimme. »Zwei von denen waren vor ein paar Tagen bei mir. Die wollten Knallkörper kaufen, die Knallköppe. Ich hab sie gewarnt. Einer ist schon hops. Der andere liegt da hinten.«

»Sitzt. Meinst du, die sind bei aller Blödheit clever genug, um mit ner Sam oder Stinger umzugehen?«

»Willst du sie anheuern?«

»Könnte man überlegen. Ich meine, wir haben ja gewisse Projekte.«

Lorre grinste. Leise sagte er: »Weißt du eigentlich woher die Dinger kommen, die Mijnheers Leute dir heute abend bringen?«

»Klar. Wußte ich sofort. Was meinst du denn, weshalb ich gerade Stinger und Sam haben wollte? Außer dir...«

»Okay. Trotzdem – ich will nicht wissen was ihr vorhabt. Kommst du mit denen da klar?«

Der Mann ohne Gesicht nickte.

»Gut. Dann verpiß ich mich.«

»Rufst du an?«

»Wo?«

»Bei unseren besonderen Freunden von der Polizei.«

»Aah.«

»Ja. Die freuen sich doch bestimmt über das Geschenk. Außerdem bringt es sie ein bißchen auf Trab.«

»Gruppe Stammheim.« Der größere der beiden sagte es mit ein wenig trotzigem Stolz in der Stimme.

Lingen seufzte. »Auch das noch.«

»Wieso? Die Märtyrer der Revolution, ermordet von den Bütteln des Apparats...«

»Stop. Gut auswendig gelernt, aber trotzdem hirnrissig. Die waren doch überzählig, damals. Warum soll denn der Apparat, wie ihr es nennt, ausgerechnet in dem Moment, wo alles jubelt, weil Mogadischu geklappt hat, Leute umbringen, die ihm nichts mehr tun können? Außerdem arbeiten die anders. Viel feiner. Wir sind doch keine dämliche Militärdiktatur. Die haben doch ganz andere Möglichkeiten. Aber ich hab keine Lust, das mit euch zu diskutieren. Macht ihr nun mit, oder ...« Er ließ die Alternative offen.

Eine halbe Stunde später hatten sie eine Art Arbeitsabkommen geschlossen. Lingen ließ den Kleineren fahren; er saß hinten, die Waffe locker auf dem Schoß. Sie fuhren ins Zentrum. Auf dem Parkplatz des ehemaligen Rheinuferbahnhofs stiegen die Terroristen aus.

Lingen fand Mijnheers Leute am vereinbarten Treffpunkt. Sie hängten sich an ihn und folgten ihm zu einer weiteren gemieteten Garage.

Rocío Villalba Contreras fand, sie habe arg nachgelassen. Das schmierige Fenster war ihr einziger Spiegel, aber zu dieser Feststellung reichte es völlig. Da sie über »schlanke Fesseln« gebot, wie ein brünstiger Jungdiplomat es einmal ausgedrückt hatte, schmerzten die Handschellen nicht, mit denen man ihre Unterschenkel verbunden hatte. Sie konnte nur kleine Schritte machen; zusätzlich beengte eine vom rechten Knöchel zum Pfosten des massiven Betts führende Kette ihren Bewegungsraum. Auch die Hände steckten in Schellen.

Der Raum enthielt neben ihr, dem Bett, einem Klappstuhl aus Plastik und einem wackligen Picknicktisch, auf dem öde Magazine und scheußliche Kitschromane lagen, nur eine Toilette (mit Brille, aber ohne Deckel) und ein kleines, dreckiges Waschbecken.

Als man sie in den Wagen zerrte, hatte sie natürlich keinen Make-up-Koffer bei sich gehabt. Ihr Vater würde sich kaum grämen, sondern alles wahnsinnig lästig finden. Sie konzentrierte sich nicht mehr auf ihr verschwommenes Abbild, nahm die Gitterstäbe am Fenster wahr und die Landschaft dahinter. Sie fröstelte; der Nieselregen hatte aufgehört, aber als Sommer ließ sich nichts von dem bezeichnen, was da zu sehen und zu fühlen war.

Alles grün, feucht und einsam. Ihre guten Geographiekenntnisse – zum Glück einzige Frucht des frühzeitigen Verkehrs mit Botschaftsangehörigen aus aller Welt – halfen ihr nicht weiter. Das gebirgige Land mochte Eifel sein, Hunsrück, Bergisches Land, Rothaar-Gebirge, notfalls sogar Ardennen oder Weserbergland. Während der Fahrt war sie ja chloroformiert gewesen, aber sie glaubte nicht, daß man sie viel weiter fortgebracht haben konnte.

Sie seufzte, schlurfte zur Toilette, erleichterte sich umständlich, wusch sich die Hände. Die Schellen hinderten sie daran, sich auszuziehen und gründlich zu reinigen. Vermutlich war ein Teil der Augenringe, die sie in der Scheibe wahrnahm, auf nicht ordnungsgemäß entfernte Kosmetika zurückzuführen.

Der Schlüssel wurde in die Tür gesteckt, gedreht. Der Dicke brachte ihr das Tablett mit dem Mittagsmahl. Wenn man Erbsensuppe aus der Dose, ein klägliches Würstchen und eine Scheibe Graubrot so nennen wollte. Der Dünne stand in der Tür; der abgesägte Lauf der Flinte lag in seiner linken Ellenbeuge.

»Wie lange muß ich das noch aushalten?« sagte sie.

Der Dicke grunzte nur; er stellte das Tablett auf den Tisch und ging wieder hinaus, ohne sie angeschaut zu haben. *»How long? Combien de temps? ¿Cuánto tiempo?«*

Der Dünne zog die Tür zu, der Schlüssel wurde gedreht und abgezogen.

Manchmal hörte sie, wenn sie das Ohr an die Tür preßte, daß die beiden miteinander leise redeten, aber es war zu leise, um die Sprache zu identifizieren. Entweder hatten beide striktes Schweigegebot, oder sie verstanden wirklich keine der von Rocío versuchten Sprachen. Der Dicke war dunkelhaarig, hatte dunklen Teint und buschige Brauen; er konnte ebenso gut ein Mischdeutscher sein wie ein Afghane oder Ire oder Russe oder was auch immer. Der Dünne war grau, mit schmalen, aber keineswegs feinen Zügen. Er erinnerte sie an einen brasilianischen Attaché, aber eine eindeutige Zuordnung war nicht möglich.

Ohne Appetit, aber mit Heißhunger aß sie den Teller leer, wischte mit dem letzten Stückchen Brot die letzte Suppe auf. Dann fühlte sie sich plötzlich sehr müde, schlurfte zum Bett, ließ sich darauf fallen und zog die grobe Pferdedecke über sich.

Sie hatte bereits geschlafen, als der Dicke kam und das Tablett holte. Es war das erste Mal, daß sie in Anwesenheit ihrer Wächter lag.

Der Dicke warf ihr diesmal einen Blick zu, hob eine Braue und grinste.

»Warum grinsen Sie? Weil ich liege?«

Er nickte. Zu ihrer Überraschung öffnete er den Mund. »Bettliegen gutt.«

»Wieso?«

»Sulli«, sagte er. »Medd Sulli. Er mögen.«

Sie fragte sich, wer Medd Sulli sein mochte, wiederholte aber nur: »Wieso?«

Er watschelte zur Tür. Über die Schulter sagte er: »Er mögen. Medd Sulli immer erst fick, dann kill.«

Der antike Frachter lag nördlich von M'Bour, außerhalb der Drei-Meilen-Zone. Kurz vor Mitternacht kam das erwartete Lichtzeichen von Land. Die fünf Kisten wurden ins Beiboot gebracht.

Am Ufer warteten drei Männer mit einem geländegängigen Lkw. Zwei von ihnen luden die Kisten auf; der dritte nahm das Bündel Noten entgegen, zählte und nickte. Den Umschlag mit Frachtpapieren klemmte er sich unter den Arm.

Am nächsten Nachmittag trafen die Kisten in einem Schuppen am Stadtrand von Dakar ein. Papiere und ein paar Scheine wechselten den Besitzer.

Am folgenden Morgen blätterte ein gelangweilter Mann vom Flughafenzoll die Papiere durch; die Stempel und vielsprachigen Eintragungen, die die Kisten als Diplomatengepäck aus der República Andina auswiesen, interessierten ihn weniger als die Scheine – zwanzigtausend CFA-Francs – zwischen den Blättern.

Der Marokkaner zeigte Villalba den Weg; er blieb immer einen Schritt hinter ihm, wie ein aufmerksamer Wachhund.

Ein alter Pritschenwagen brachte das Diplomatengepäck zur Maschine. Villalba hielt sich abseits; niemand hatte ihn aufgefordert, bei diesem Teil der Veranstaltung mitzuwirken, und er dachte nicht daran, den Freiwilligen zu spielen. Aus den Augenwinkeln beobachtete er, wie die Kisten abgeladen wurden. Der Pritschenwagen fuhr davon. Der Marokkaner und der Deutsche berieten sich; dann öffneten sie die erste Kiste, nahmen mehrere Pakete heraus und begannen mit dem Verstauen. Bruno kannte sich aus. Er wußte, daß es problematisch werden würde, wenn man bei sehr voller Maschine den Schwerpunkt nicht bedachte. Villalba nickte widerwillig, als der Deutsche den vorderen Gepäckraum im Bug, hinter dem Wetterradar, öffnete und vollstopfte. Ein Teil des Paketinhalts – weiße Stoffpakete, soweit Villalba es sehen konnte – verschwand auch im Gepäckteil unter den hinteren Sitzen; einige Beutel wurden auf den Boden im Rückteil der Kabine gelegt.

Endlich, nach langem Warten, erschien auch der Tankwagen. Mürrisch reichte Villalba dem Fahrer seine BP-Karte. Auch die vielen, vielen Gallonen 100 LL des Unternehmens gingen auf seine Rechnung.

Startfreigabe. Bruno, rechts neben Villalba, sagte halblaut: »Und denken Sie dran, daß wir ein bißchen Übergewicht haben.«

Villalba knurrte vor sich hin. »Wieviel wiegt das Zeug?« sagte er schließlich.

»Ungefähr fünfeinhalb Zentner«, sagte Bruno. Er verzog keine Miene.

»Aber das ist zuviel! Die Vorschriften...«

»Scheiß auf die Vorschriften. Los.«

Hinter Villalba räusperte sich Hussein.

Kurz vor Mitternacht schleppten Hussein und Bruno einen lallenden Villalba in die – mit seiner AmEx-Karte zu bezahlende – Suite des Hotels. Aus einem der Fenster war der Tower des Flughafens von Las Palmas zu sehen.

Mitten in der Nacht setzte sich Ubaldo Villalba Narváez, Botschafter der Andinischen Republik, im Bett auf, schaltete das Licht an und musterte aus roten Augen seine beiden Reisegefährten, die ihm die Oberkörper zuwandten und Waffen auf ihn richteten. Er brach in schallendes Gelächter aus.

»Was finden Sie so witzig, Sie besoffenes Schwein?« knurrte Bruno.

»Sie beide erinnern mich an einen Witz. Beckenbauer ist in einem Lokal, geht zum Tresen und fragt den Wirt, ob er sein Privatklo benutzen darf. Der Wirt sagt: ›Und wenn Sie zehnmal Beckenbauer sind, Sie können wie alle anderen ins Gästeklo pinkeln.‹ Sagt Beckenbauer: ›Aber da kriege ich immer nasse Beine.‹ Sagt der Wirt: ›Ha, Unfug, in meinem Klo kriegt keiner nasse Beine.‹ Beckenbauer geht, stellt sich vors

Pissoir und macht seine Sache gut, wie immer. Rechts und links von ihm stehen auch Männer, die sich plötzlich beide gleichzeitig zu ihm drehen, und zwar komplett und sagen: ›Ist das nicht der Beckenbauer?‹ Und so hat er seine nassen Hosen gekriegt.«

»Wecken Sie uns etwa deshalb, um uns diesen Stuß zu erzählen?«

»Nein.« Villalba wurde ernst. »Ich wollte was wissen. Fünfeinhalb Zentner wovon?«

Hussein kicherte schrill. Bruno runzelte die Stirn. »Wollen Sie das wirklich...? Ach, egal. Koks.«

»Häh? Kokain? So viel? Aber... aber das sind ja Millionen!« Villalba starrte sie an, mit roten Augen und offenem Mund.

»Wenn Sie es genau wissen wollen – Marktwert ungefähr zweihundert Millionen Mark. Können wir jetzt weiterschlafen?«

Der für Ahmed, die erschossene Lektorin und den toten Penner zuständige Hauptkommissar erfuhr erst am Spätnachmittag bei einer Routinebesprechung davon. Ein zufälliger Nebensatz eines Kollegen enthielt die Information. Der Hauptkommissar fragte nach, platzte beinahe und machte den nötigen Wirbel. Zum Wirbel gehörte auch ein Anruf, der eine halbe Stunde später den Mann vom BKA wieder ins Haus brachte.

»Nette Geschichte«, sagte er. »Und so ganz zufällig, was?«

»Andere Abteilung«, knurrte der Hauptkommissar. »Ich bin Mord, nicht entführte Botschaftertöchter.«

»Moment. Niemand hat was von Entführung gesagt. Der

Butler oder was auch immer hat nur gesagt, die junge Dame sei seit fünf Tagen verschwunden.«

»Ja, aber rechnen Sie das doch mal zusammen. Der Botschafter hat ein Flugzeug und einen Jaguar. In seinem Garten wird ein erwürgter Penner aufgefunden. Gleichzeitig – so sieht es ja nach den Aussagen des Butlers aus – verschwindet die Tochter. Hier ist ein Bild von ihr.«

Der BKA-Mann betrachtete es und schmatzte. »Leckeres Täubchen. Aber vielleicht ist sie ja nur ein paar Tage – eh, mit jemand in die Kissen gehüpft und will nicht gestört werden.«

»Unwahrscheinlich. Laut Protokoll sagt der Butler, sie konnte tun und lassen, was sie wollte. Der Botschafter ist da wohl arg liberal.«

»*Arg* liberal! Nun denn. Und weiter?«

»Wie gesagt – addieren Sie mal. Botschafter, Jaguar, Flugzeug, toter Penner, Tochter futsch – und Papi geht auf eine unangekündigte Flugreise. Der Butler – Moment, hier steht's – der Butler sagt, er hätte nichts davon gewußt, bis ein paar Stunden vor Beginn der Reise. Kofferpacken war nix, nur eine kleine Reisetasche. Ungewöhnlich, sagt er; sonst hat sein Prinzipal sowas immer Wochen vorher angekündigt. Zumindest wenn er länger weggeblieben ist. Und Reisetasche mit Unterhosen ätz ehtera heißt ja wohl, daß es nicht nur ein Mittagstrip über die Eifel werden sollte. Er ist ja jetzt auch schon länger weg.«

»Seit wann genau?«

»Nhnnhn – vorgestern morgen, glaub ich.«

Der BKA-Mann spielte mit einem Kugelschreiber. »Na ja, vielleicht sollten wir mal feststellen lassen, wohin der edle Herr geflogen ist.«

»Hilft uns das?« Eine halbe Stunde später beugten sie sich über einen Zettel und einen Atlas.

»Paris«, sagte der BKA-Mann verträumt. »Valencia. Kanarische Inseln. Dakar. Letzte Meldung lautet Abflug von Dakar mit Ziel Las Palmas. Sieht so aus, als ob er ne kleine Rundreise macht und wieder zurückkommt.«

Der Hauptkommissar schnaubte. »Wozu? Nirgends länger geblieben außer in Dakar, und auch da nur ein paar Stunden. Sonst nur Tankstopps.«

»Vielleicht sollten wir ihn im Empfang nehmen, wie? Freundlich befragen, unter Respektierung der diplomatischen Immunität?«

»Vielleicht ja. Müßte übermorgen früh, oder schon nachts, in Wahn ankommen. Aber... Ja bitte, was ist los?«

Ein Assistent stürzte herein. »Ah, gut daß Sie da sind.« Dies mit Blick auf den Mann vom BKA. »Was Großes. Vielleicht.« Er reichte dem Hauptkommissar einen Zettel mit handschriftlicher Notiz von der Zentrale.

Der Hauptkommissar las. »›Anonymer Anruf. Zwei Mitglieder der Roten Zellen wegen mangelhafter Vorbereitung eines Unternehmens und angekündigter Kollaboration mit dem Klassenfeind hingerichtet. Leichen in Wagen auf Feldweg bei Stieldorf.‹ Mann, wie viele Feldwege gibt's bei Stieldorf?«

Der Assistent zuckte mit den Achseln.

»Los«, sagte der Mann vom BKA. »Das ist ein bißchen wichtiger als fliegende Botschafter. Darf ich?« Er deutete auf das Telefon.

5

»Wer ist eigentlich dieser Typ, der das Mädel da im Bergischen Land verbuddelt hat?«

Lingen blickte den kleineren RAFke an. »Haben Sie den beobachtet? Ein Langer oder ein Dicker?«

»Lang. Ziemlich schmierig.«

»Das muß Sullivan sein. Mad Sullivan. Ire.«

Sie gingen langsam weiter. Alles war abgesprochen. Die Aktion konnte am nächsten Morgen starten. Letzte Details sollten in der Frühe von Mijnheers Posten per Walkie-talkie durchgegeben werden. Die beiden Terroristen hatten sich mit dem Plan einverstanden erklärt und zeigten sogar eine gewisse Begeisterung.

Lingen hielt sie für wahnsinnig, Fälle für die Klapsmühle, aber solange sie taten, was er von ihnen wollte, war es ihm ziemlich gleichgültig. Er spielte ein anderes Spiel. Am Morgen hatten sie die Schlagzeile der *Bild* gesehen: SCHÖNE BOTSCHAFTERTOCHTER ENTFÜHRT – SEXHÖLLE? Er hatte den Jaguar am Flughafen nicht vergessen, die Liste der Diplomatischen Vertretungen konsultiert, festgestellt, daß die Mittelnummer des CD-Jaguars der Andinischen Botschaft gehörte. Wenn die Tochter entführt worden war und der Botschafter mit Mijnheer zum Flughafen fuhr, ergab sich da eine gewisse Verbindung. Es war gut zu wissen, wo das Mädchen versteckt wurde. Kenntnisse konnten nie schaden. Und je mehr er über seine Gegner wußte, desto besser konnte Lingen sein Spiel spielen. Er kalkulierte kühl und nicht allzu optimistisch, war aber sicher, daß er inzwischen fast alle Karten kannte, die seine Gegner auf dem Tisch, in der Hand und im Ärmel hatten. Welche davon wie markiert waren und wer von außerhalb des Kreises kiebitzte, das blieb noch herauszufinden.

Er beschrieb das Haus, und die anderen bestätigten seine Beschreibung. Dann wandten sie sich wieder den anstehenden Problemen zu. Das verwilderte Brombeergestrüpp in der Senke war eine gute, nach Lingens Meinung die optimale Stelle. Es gab viele einzelne Häuser in der Nähe und eine Siedlung, aber eine gewisse »Sichtbarkeit« war nirgendwo zu vermeiden. Da inzwischen feststand – den Informationen von Mijnheers Leuten zufolge –, daß die Zielperson den Weg von Bonn nach Wahn durch die Luft zurücklegen würde, konnte man alle Alternativen vergessen.

»Wir teilen uns aber morgen früh in zwei Teams. Eins bin ich, das andere seid ihr.«

Sofort war das paranoide Mißtrauen wieder da.

»Warum? Was soll das?«

Der Mann ohne Gesicht verzog keine Miene. »Viele Gründe. Erstens können wir nicht alle drei aus diesem Gestrüpploch krabbeln, irgendwohin laufen, ein Auto aufschließen und wegfahren. Es muß schon einer sofort nach dem Feuern mit dem Wagen losdüsen und die beiden anderen aufpicken. Zweitens wird es hier innerhalb von ein paar Sekunden von Leuten wimmeln. Also keine Zeit zu verlieren. Drittens müssen wir einkalkulieren, daß alle größeren Straßen sofort gesperrt werden. Ich kenn mich hier aus. Ich hab vier Fluchtstrecken ausgetüftelt, die nicht so schnell zu sperren sind.«

Sie verständigten sich mit Blicken. »Na gut«, sagte der

Größere mürrisch. »Muß wohl sein. Aber einer von uns sollte bei Ihnen bleiben.«

»Geht nicht. Wir müssen zwei Sams gleichzeitig hochjagen, um sicher zu sein. Es kommt immer mal vor, daß eine ausfällt. Deshalb alle beide.« Er machte eine kurze Pause. »Und noch was. *Die* können uns hinterher nicht als Zeugen brauchen.«

»Sie meinen ...?«

»Genau. Wir stehen genauso auf der Abschußliste wie die Zielperson. Sobald wir unseren Job erledigt haben, sind wir Freiwild. *Ich* kenne fast alle Leute, die für unseren Auftraggeber arbeiten. Ich weiß, wenn irgendwo ein Wagen auftaucht, ob das seine Leute sind oder harmlose Passanten.«

»Das ist aber kein Grund, daß nicht einer von uns bei Ihnen bleibt.«

»Den Grund hab ich euch doch schon genannt. Zwei Sams. Aber bitte, wenn ihr unbedingt wollt. Dann muß einer von euch eben beide hochjagen, blitzschnell. Wer traut sich das zu?«

Jedenfalls waren sie bei aller Verrücktheit gründlich, dachte er später. Wie der Mann am Tresen, der eine perfekte Kohl-Parodie lieferte, einschließlich zwischen den Zähnen verklemmter Zungenspitze bei *nd*-Kombinationen.

»In diesem unserem Lannnde«, sagte der Mann, »genauer im Rheinland, gibt es ein schönes Wort, das sowohl Weißkohl als auch Quatsch bedeutet.« Er leerte sein Bierglas, knallte es auf den Tresen und deutete hinein. »Noch n Pilschen, ej. Und die Leute, die das nicht wissen, werden nie die tiefe Weisheit eines Klospruchs ermessen können.«

Ein anderer Thekensteher fuchtelte mit einer billigen Brasil. »Wat für n Spruch, Mann?«

»Hab ich neulich gefunden, zufällig. Kohl is Kappes.«

Gelächter. »Klosprüche sind sowieso was Feines«, setzte der Parodist hinzu. »Ich war mal auf nem Örtchen, da stand unten rechts auf der Tür mit ganz winziger Schrift was, was ich nich hab lesen können. Ich beug mich also vor und vor und vor« – er beugte – »und les: Wenn Sie das lesen können, scheißen Sie in einem Winkel von vierundfünfzig Grad.«

Lingen lächelte automatisch, nippte an seinem Bier und fragte sich, ob Sullivan und Mijnherr wußten, daß die RAF-Bubis sie beobachtet hatten. Sullivans Bruchbude in den Bergen, wo die Tochter dieses Botschafters gefangengehalten wurde, Mijnheers Palazzo in den Bergen, Sullivans Leute, die zwischen beiden pendelten... Es ergab sich eine nette Summe von Indizien, die im Fall der Verwendung ausreichen würde, Sullivan und Mijnheer zentnerweise Sand in den Kakao zu kippen. Ein Jammer, daß niemand sie verwenden würde.

»Oder den«, sagte der Parodist und Klosprüchesammler. Er schwenkte sein neues Pils. »Auf den Boden pissen kann jeder, aber man muß schon ein ganzer Mann sein, um an die Decke zu scheißen.«

»Erzähl noch mal wat vom Dicken«, sagte der Zigarrenraucher.

»Mir fällt nix mehr ein. Außer, aber das is schon Jahre her. Da steht er im Bundestag vorn und sagt wieder irgendwas von wegen ›Und lassen Sie mich das ganz klar sagen, meine Damen und Herren, es ist jetzt nicht die Stunnnde...‹ Darauf steht der olle Wehner auf und sagt: ›Jetzt ist Mittag, Herr Kohl.‹«

»N Jammer, dat Onkel Herbert nit mehr mitspielt«, sagte der Zigarrenraucher.

Ein Jammer, dachte Lingen, daß die beiden RAF-Leute zu tot sein würden, um Mijnherr und Sullivan ans Messer zu liefern.

Er hatte alles für die Abreise vorbereitet; keine wesentlichen Papiere mehr, die sein Vertreter nicht würde bearbeiten können.

Der Mann aus dem Justizministerium hatte sich den Nachmittag freigenommen, um alles Weitere für seine Abwesenheit zu ordnen. »Alles Weitere« war nicht sehr viel. Vor allem ging es darum, die schönen goldenen Sovereigns in seinem Bankschließfach zu deponieren. Er sah voraus, daß er sich während des ganzen Flugs Gedanken darüber machen würde, was wohl passieren mochte, falls die Bank ausgeraubt würde. Sie war natürlich versichert, aber er konnte den Inhalt des Fachs nicht deklarieren. Oder doch? Es spielte keine Rolle, daß dieses Problem sich auch dann stellte, wenn die Bank ausgeraubt wurde, während er in Bonn weilte. Vermutlich brauchte er einfach etwas, um das er sich sorgen konnte.

Mehrfach versuchte er, bestimmte Leute anzurufen, aber niemand war zu erreichen. Nicht einmal der Botschafter, dieser windige *latino*.

Abends wanderte er ruhelos durch die Wohnung. Plötzlich sehnte er sich nach seiner geschiedenen Frau, aber auch sie war nicht zu erreichen. Er aß irgend etwas, ohne zu wissen, was; er schaute sich die Tagesschau an, in der von toten Terroristen bei Bonn die Rede war, aber er registrierte es kaum; schließlich gab er auf, nahm drei Schlaftabletten, stellte den Wecker und ging um neun Uhr abends ins Bett.

Martin Krollmann fühlte sich schlecht, weil er sich hatte gehen lassen. Arbeiten, Seneca lesen, okay; aber das wehleidige melodramatische Saufen besudelte die Trauer und nahm dem Entsetzen jede Würde.

Nach längerer Reinigung setzte er sich zu einem ausgiebigen Frühstück hin. Der Wächter frühstückte mit, warf zwischenzeitlich Blicke aus dem Fenster. Sie rechneten mit einem weiteren Mordversuch, hatte man ihm gesagt; Krollmann konnte es nur zur Kenntnis nehmen.

Nach dem Frühstück machte er sich daran, alles, was in den letzten Tagen und Wochen liegengeblieben war, zu sichten, zu sortieren und aufzuräumen. Anschließend hantierte er eine Weile mit Staubsauger und Wischtuch, beseitigte die restlichen Trümmer der langen Horror-Arbeit und ließ sich nachmittags an einem aufgeräumten Schreibtisch nieder, um ein paar längst fällige Briefe zu schreiben, Überweisungen auszufüllen, Belege abzuheften. Kurz vor Bankschluß ließ er sich von der Wachablösung in den Ort fahren, um die Überweisungen abzugeben und noch ein wenig Bargeld abzuheben.

Abends packte er alles, was er mitzunehmen gedachte, in einen kleinen Lederkoffer. Dazu die Reisetasche mit Lektüre, Stiften und einem Block. Beim Abendessen, mit dem gleichen Wächter, der ihn chauffiert hatte, nahm er sich noch einmal das Blatt vor, auf dem alles stand, was er erledigen und einpacken wollte. Er las es wieder und wieder, wie eine interessante Zeitung.

Nach dem Spülen füllte er Wasser nach. Die kleine chinesische Vase, die Maria auf den ersten Blick gefallen hatte, barg eine einsame Rose. Die Rose war durstig. Bis vor einigen Tagen hatte die Vase dekorativ aber unbeachtet auf einem Regalbrett gestanden. Er erinnerte sich an den Laden in Genua.

Er versuchte, im Sessel sitzend zu lesen. Er wechselte mehrmals das Buch, begab sich dann auf die Liege. Immer wieder blickte er vom Buch zur Vase mit der dürstenden Rose. Etwas tanzte in seinem Kopf herum. Er stand auf, schaltete die Leuchten des Arbeitstischs an, begann mit ein paar Skizzen, zerknüllte sie nach kurzer Zeit. Es, was immer *Es* war, wollte nicht herauskommen.

Er lag im halbdunklen Studio, ließ sich durch seine Erinnerungen treiben, entsann sich treibend einer Formulierung: Dein Stecken treibt verkehrt den Fluß hinunter. Woher? Es mußte sehr lange zurückliegen. Möglicherweise Jugendlektüre. Er beschloß, es müsse irgendwo bei Karl May stehen.

Vor der Regalwand stehend, suchte er, fand aber nur *Am Stillen Ozean*, einen May, den er nie gelesen hatte. Die anderen Bände waren verschenkt, verschollen, vielleicht in einer der Kisten im Keller. Er blätterte, stellte das Buch zurück, nahm andere heraus, hielt plötzlich eine alte Ausgabe der Gedichte von Ezra Pound in den Händen. *Cathay*. Etwas tickte in ihm.

Er setzte sich an den Schreibtisch, stellte die Vase vor sich, stützte den Kopf auf die verschränkten Hände und starrte die Vase an. Er holte Tusche und einen feinen Pinsel, einen Bogen Bütten und begann mit einer chinesischen Landschaft. Dann drehte er die Vase hin und her, sah sie von allen Seiten an, als hätte er sie noch nie gesehen, konzentrierte sich auf winzigste Einzelheiten und versuchte, die seltsame Flußlandschaft abzumalen. Die Rose drängte sich zwischen ihn und die Vase, dann zwischen die Vase und das Bild. Immer kam er zu einer vasenförmigen Rose mit Schilfdornen und Fischwurzeln.

Plötzlich wußte er, daß er für diesen Zweck im falschen Medium schwamm. Was in ihm tickte, was herauswollte, wollte nicht in ein Bild, sondern in Wörter. Vor vielen Jahren, ehe er sich ausschließlich dem Zeichnen und Malen widmete, hatte er eine Weile gräßliche Jünglingslyrik – wie er später begriff – verbrochen. Alles vernichtet, glücklicherweise; ein paar technische Grundkenntnisse waren jedoch übriggeblieben.

Er nahm ein neues Blatt Bütten, tunkte die altmodische

Schreibfeder in das alte Tintentöpfchen mit Zinndeckel und begann. Nach vielen Streichungen und Neuanfängen übertrug er, lange nach Mitternacht, den errungenen Text sauber und in beflissener Kalligraphie auf ein frisches Blatt.

Vor dem Zubettgehen trieb es ihn noch einmal an den Schreibtisch. Er hatte die Vase oben auf das Blatt gestellt, so daß er den Text lesen und gleichzeitig die Vase betrachten konnte. Nichts davon befriedigte ihn, aber irgendwie befriedete es Es.

Mingvase
Im Fluß die Münzen, schnell geworfen: Punkte.
Demnächst sind sie von Schlamm bedeckt. Die Fische,
regiert durch ihre Wasserwelt, beherrschen
nur die Bewegung, aber nicht den Wandel.
Kein Badender, kein Nabelstrang. Fragmente
und ewig Präsens. Reden wir von Beeren,
bereden wir den Nebel und den Tang.
Es hängt ein Wasser unterhalb der Wolke;
ein Wind schleicht. Es gibt keiner einen Rat.

Stein hätte eine ruhige Nacht verbringen können, da seine Frau unter echter Migräne litt und hektischen Verkehr nicht für ein Heilmittel hielt. Während sie jedoch angespannt und rastlos schlief, warf er sich von einer Seite auf die andere. Dabei war der USA-Trip nichts Weltbewegendes; aufregend wäre allenfalls die Aussicht, demnächst tatsächlich nach Washington versetzt zu werden.

Man hätte gar nicht heiraten sollen. Oder Kinder machen. Warum sucht sie sich eigentlich keinen Job? Statt sich mittags von Südamerikanern beschälen zu lassen. Dieses Grinsen im

Schlaf. Wo steckt der schmierige Typ bloß? Nicht erreichbar. Trotzdem, muß aufhören. Hört sowieso auf, wenn das mit Washington klappt. Versetzung. Aber bloß nicht nach Andinien; Hilfe. Wer sollte mir denn helfen? Alles selber eingebrockt. Verbockt. Und wie sicher ist es, daß nicht doch mal was rauskommt? Oh verdammt verdammt verdammt.

Er knipste das Leselicht an und griff zum Bettbuch. So bezeichnete er nebensächliche »Lust«-Lektüre. Raschelnde Papiere, Akten, *FAZ* oder ähnlich lauter Stoff hätten die Schlummernde geweckt, wohl gar ihren Appetit.

Gegen halb fünf löschte er das Licht. Giftig glommen Zeiger und Zahlen des Weckers in der Dunkelheit. Zwei Stunden bis zum Aufstehen. Er seufzte.

Eine Bewegung. Als er sich vom Wecker zur Bettmitte drehte, lag seine Frau dort auf der Seite. Er sah das Weiße ihrer Augen und seufzte abermals. Sie legte die Hand auf seine Brust. Der Seidenpyjama raschelte.

»Na? Kannst du nicht schlafen?«

»Nein.«

»Das muß man ausnutzen.«

Im Foyer der Bonner Oper kam der Beamte des Innenministeriums zu ihm und schüttelte ihm die Hand. »Na, wie geht's, wie steht's? Alles klar bei Ihnen, Herr Schmidt?«

Lorre nickte und bemerkte eine Fluse auf dem Revers seines Gegenübers. »Danke. Ich kann nicht klagen. Und selbst?«

»Ach ja, es geht so. Zuviel Arbeit, zu viele Dinge zu bedenken. Wie üblich. Und? Gefällt es Ihnen bis jetzt?«

»Könnte schlechter sein, aber es haut mich nicht gerade um, wenn Sie die Formulierung verzeihen.«

»Schon vergeben. Ach, ich finde es eigentlich ganz passabel. Man kann schließlich nicht für jede Mozartaufführung weltweit Pavarotti einfliegen lassen, nicht wahr?«

Lorre grinste. »Der ist sowieso ausgebucht. Sie sehen, wenn ich das sagen darf, ein bißchen müde aus.«

»Ach, nur zuviel zu tun. Aber Sie könnten mal einen kleinen Urlaub vertragen.«

Lorre nickte. Halblaut sagte er: »Am Ende dieser Veranstaltung fahre ich heim, ziehe mich um und steige in den Wagen.«

»Ah! Ja? Das ist, wie soll man sagen, eine vortreffliche Idee. Manche Dinge sind nur zu ertragen, indem man sie umgeht oder ignoriert, nicht wahr?«

»Ja. Der Bonner Sommer zum Beispiel.«

Beide lachten gemessen. Der Beamte rieb sich den rechten Nasenflügel. »Bleiben Sie lange fort? Und wohin geht es überhaupt?«

Lorre hob eine Braue; das Froschauge darunter sprang fast aus der Höhle. »Nur ein paar Tage. Eine Woche, mehr ist nicht möglich. Sonniger Süden – was dachten Sie denn?«

»Man kann nie wissen. Erstens sind alle Menschen verschieden; manche verlassen den Kühlschrank nur, wenn sie sofort in die Arktis steigen dürfen. Andere steigen mit Vorliebe, wie man in England sagt, aus der Bratpfanne ins Feuer. Ich habe mir aber sagen lassen, daß es im Süden zur Zeit auch nicht besonders schön ist.«

»Ah ja?« Lorre legte den Kopf schief. »Von welcher Gegend würden Sie mir denn ganz besonders abraten?«

»Also, die Provence ist recht unwirtlich. Habe ich gehört. Aber das muß nichts heißen.«

»Ich werde mir Ihren Rat durch den Kopf gehen lassen. – Übrigens sollten wir bei Gelegenheit mal wieder einen Kaffee trinken und eine Partie Schach spielen.«

»Ja, gerne. Aber ich werde in der nächsten Zeit kaum dazu kommen. Wenn Sie mich in, nun ja, fünf bis sechs Wochen mal wieder anrufen würden?«

»Ihre Nummer ist die gleiche geblieben?«

»Es könnte sein, daß sie sich bis dahin unwesentlich ändert. Das wird man Ihnen dann aber sagen, wenn Sie es unter der bisherigen Nummer versuchen.«

Nach der Aufführung ging Lorre mit einem größeren Pulk anderer Besucher in die unmittelbar neben der Oper gelegene Tiefgarage. Sein Wagen stand unter einer Deckenlampe und war gut einzusehen. Die dünnen Fäden der Spinnennetze an den Türen, der Motorhaube und zwischen den Rädern waren unversehrt. Lorre stieg ein, blieb einen Moment bei von innen verriegelten Türen sitzen und dachte nach.

Für eine Woche war die Spedition in besten Händen; der Buchhalter und ein ansonsten hauptsächlich mit Kostenvoranschlägen befaßter abgebrochener Nationalökonom mit Kaufmannslehre konnten gut ohne ihn zurechtkommen. Gonzo und Ettore waren mit Filder unterwegs, Richtung Marseille, Spezialtransport. Sie wußten zu wenig, um den dortigen Partnern von Mijnheer viel Vergnügen machen zu können. Und er selbst beschloß, die Warnung aus dem Innenministerium ernst zu nehmen.

Er fuhr noch einmal in die Firma, fand nach längerem Suchen einen alten Tourismusprospekt, ließ ihn zufällig auf dem Schreibtisch liegen. Das Faltblatt behandelte die Vorzüge und Schönheiten der Insel Bornholm.

Eine Stunde später passierte Lorre die belgische Grenze hinter Aachen. Er wurde nicht kontrolliert. Während er sich bemühte, die müden Augen auf die gelbe Beleuchtung einzustellen, dachte er an einige Restaurants an der bretonischen Kanalküste, und sein Magen knurrte.

Lingen war nicht ganz zufrieden mit sich, in einem Punkt. Er hatte sich mit der Zeit verkalkuliert. Die Aktion startete nun also einen Tag früher als von ihm vorgesehen. Er machte sich jedoch keine großen Vorwürfe; nach Lage der Dinge und Spärlichkeit der Anfangsinformationen hatte er es kaum besser einschätzen können. Als der »Einsatzbefehl« beziehungsweise die endgültige Terminbekanntgabe erfolgte, war es zunächst zu spät für Änderungen; sein eigenes Telefon – in der von Mijnheers Leuten gemieteten Wohnung – konnte er natürlich nicht benutzen; das Zimmer in der City verfügte zwar über einen Apparat, aber man konnte nur per Vermittlung des Hotels telefonieren. Der Morgenspaziergang mit den Pseudoterroristen war sehr früh angesetzt und nicht zu verschieben.

Als er die beiden Knaben endlich instruiert und sich dann von ihnen getrennt hatte, spielte er wieder sein Routinespiel. Er war nicht sicher, glaubte jedoch, diesmal aus zwei verschiedenen Wagen beobachtet zu werden. Sie konnten sich notfalls trennen, wenn er dubiose Wege fahren sollte. Gelassen schlenderte er zur U-Bahn-Haltestelle Limperich. Beide Wagen warteten in der Kreuzherrenstraße, außer Sicht für ihn, aber zu ahnen. Als sich die Bahn Richtung Beuel und Bonn bewegte, sah er die Autos. Eines kam vor dem Beueler Bahnhof an, als die U-Bahn gerade wieder anfuhr. Das zweite entdeckte er am anderen Ende der Fußgängerzone, so postiert, daß die Insassen etwaige Aussteiger aus der Bahn beobachten konnten. Lingen grinste vor sich hin und blieb einfach sitzen.

Sie folgten brav. Kennedybrücke, Bertha-von-Suttner-Platz, Oxfordstraße, Stadthaus. Lingen stieg aus, nahm die nicht funktionierende Rolltreppe, ging an den Geschäften des freien Hauptgeschosses vorbei ins Labyrinth, fand eine unbenutzte Telefonzelle und erkundigte sich bei den verschiedenen Luftlinien nach Möglichkeiten der Umbuchung. Man versuchte es vergebens, versicherte ihm aber jedesmal, zu dem von ihm gewählten Ziel könne er bei der Lage der Verkehrsdinge am folgenden Tag mit freien Plätzen rechnen; oder ob er später zurückrufen wolle?

Lingen wollte nicht. Er trank einen Cappuccino, dann noch einen, in dem kleinen Lokal nahe der Treppe zur Stadthausgarage, las zwei Zeitungen und drei Illustrierte, aß eine Kleinigkeit und stellte sich vor, mit welcher Wonne die Beobachter nun um den Block und um den Block und um den Block fuhren.

Nach etwa zwei Stunden verließ er das Labyrinth und wanderte Richtung City. Einer der Wagen tauchte wieder auf; die Insassen des anderen hatten entweder aufgegeben oder sich als Fußgänger getarnt. Zwei Männer folgten ihm, als er C & A durch eine Tür betrat und durch eine andere wieder verließ. Sie hatten ebenfalls im Kaufhof und bei Hertie etwas zu tun und zeigten mildes Interesse an den Vorgängen in der Tiefgarage unter dem Münsterplatz. Er spazierte ins Bonner Münster und wieder hinaus, dann ins Hauptgebäude der Universität, wanderte Korridore entlang, stieg Treppen hinauf, ging zielsicher um Ecken, drängte sich in einen Fahrstuhl, kam neben dem Erfrischungsraum im Erdgeschoß wieder zum Vorschein, begegnete den Verfolgern, die atemlos Treppen herabgestürzt kamen und stutzten, als sie ihn sahen, nickte ihnen zu, durchquerte den Arkadenhof, erreichte die Straße, sah an der Ampel ein Taxi stehen, stieg ein und ließ sich zu seinem Apartment in Beuel bringen.

Abends rief Sullivan an und erkundigte sich, ob er noch irgendwas brauche.

»Keine Sorge.«

»Hm. Also, Mijnheer legt großen Wert darauf, daß alles wie geplant abläuft.«

»Ja.«

»Die Zielscheibe steigt morgen früh um halb neun beim Kanzleramt in einen Helikopter. Wenn mehrere Chopper losgehen, geben wir noch durch, um welchen es geht.«

»Okay.«

»Na dann. Angenehme Träume, Mann ohne Gesicht.«

»Sie mich auch.«

Lingen schlief traumlos. Er erwachte um halb sechs, duschte, verstaute alles, was er in sein nächstes Leben mitnehmen wollte, in den Taschen der weiten grauen Windjacke, hängte sie über den Stuhl, machte, ohne sich anzustrengen, seine üblichen hundert Liegestütze, wusch sich noch einmal, zog sich an und begab sich in den Lotossitz. Um Viertel vor sieben verließ er die Wohnung, in der einiges zurückblieb. Aber nichts von alledem – ein grauer Anzug, ein paar getragene und nicht mehr gewaschene Hemden, Zahnbürste und derlei – ließ Schlüsse auf den bisherigen Besitzer zu. Er war sicher, abends alle kritischen Stellen mit Fingerabdrücken abgewischt zu haben, die übrigen – Zahnbürste, Wasserhähne, Klinke – vor dem Aufbruch. In der Jutetasche, die keine Abdrücke registrierte, steckten das Walkie-talkie, die von Lorre besorgte Handwaffe, die Gummihandschuhe und die Schnur.

Alles vorbereitet, alles fertig. Auch die Nebeneffekte zur besseren Gestaltung der Kulisse. Sullivan hatte ihm versichert, in ganz Beuel werde kein einziger Polizist sein. Ein mitternächtlicher Anruf, natürlich anonym, beim BKA in Wiesbaden sollte einen Anschlag per Autobombe auf die israelische Botschaft in Godesberg ankündigen; ein paar Stunden später würde die Bonner Kripo zusätzlich mit der Mitteilung behelligt werden, daß jemand den amerikanischen Botschafter erschießen wolle. Nebendrähte, gezogen von Nebenfiguren. Ein paar kleine Handlanger sollten gegen vier Uhr früh in einer Nebenstraße in Poppelsdorf ein bißchen in die Luft ballern;

auf der Autobahn kurz vor Meckenheim würde sich ein belgischer Lkw querlegen und alles sperren; gegen sieben Uhr sollte jemand im Bonner Stadthaus einen Blindgänger finden; gleichzeitig mußte eine Reihe von Stinkbomben in Tiefgaragen gezündet werden. Viel Aufwand, beinahe liebevoll und sogar mit netten Einfällen.

Übertrieben? Vielleicht. Er wußte immer noch nicht, wer das eigentliche Ziel des Anschlags war. Die Vorkehrungen standen, wer auch immer es sein mochte, in keinem sinnvollen Verhältnis zum erwünschten Ergebnis. Von den hohen Tieren war keiner so bedeutend, daß er auch nur einen Schuß Pulver gerechtfertigt hätte, und alle waren jederzeit durch Nullen des gleichen Kalibers zu ersetzen. Es mußten kleine Tierchen sein, ebenso ersetzbar, aber für Mijnheer oder seinen Auftraggeber gefährlicher. Keine Minister; sie waren austauschbare Manövriermasse der Parteien, Gewerkschaften, Verbände und sonstigen Organisationen, denen der Staat gehörte. Sondern kleine Beamte, Rädchen, ohne die die ganze Chose nicht laufen würde; als Personen ebenfalls ersetzbar, aber in der Funktion wichtiger. Der Stein oben auf der Pyramide kann entfernt werden, aber die Steinchen weiter unten nicht, ohne daß alles zusammenbricht.

Dann zuckte Lingen mit den Schultern und konzentrierte sich auf das, was getan werden mußte.

»Balltt.«

Oder so. Rocío starrte den Dicken verständnislos an. Endlich begriff sie, daß er »bald« gemeint hatte.

»Bald was?«

»Ende. Du sch?«

»Was?«

»Du sch?«

»Ah. Duschen?«

»Ja.«

»Gern. Oh ja, sehr gern.«

Der Dicke nickte und kam zu ihr, um die diversen Schlösser zu öffnen; der andere stand wie immer mit der Waffe im Türrahmen. Sie streckte sich, ächzte beinahe wohlig, als sie zum ersten Mal seit Tagen – seit wieviel Tagen? – Arme und Beine dehnen konnte. Die Lust des Rekelns.

Der Dünne trat beiseite, ließ sie und den Dicken passieren, kam schlurfend hinterher. Rocío sog alles Sichtbare gierig auf, nach den Tagen in dem kahlen Zimmer.

Das Haus war ebenso kahl. Ein paar Klappliegen, daneben Seesäcke; ein weißer Plastiktisch, ein Bierkasten, Thermoskannen, auf einer schäbigen Anrichte eine Kochplatte, ein Stapel Konservendosen, weitere Flaschen. Die Rolläden des großen Wohnraums waren heruntergelassen; von der Decke baumelte eine Glühbirne. Neben dem Fenster stand ein tragbarer Fernseher.

Das Bad war ebenso kahl und schmierig wie alles andere. Wer immer dieses Haus sein eigen nannte, konnte sich nicht lange und schon gar nicht mit Vergnügen darin aufgehalten haben.

Aber er war zweifellos vorsichtig. Das Fenster im Bad war aus Milchglas und nicht zu öffnen; durch das Milchglas waren Gitterstäbe zu ahnen. Die Tür ließ sich nicht abschließen; es gab zwar ein Schloß, aber keinen Schlüssel.

Der Dicke folgte ihren Blicken, nickte und grinste. Dann deutete er auf einen Stapel anscheinend sauberer Handtücher, ein Fläschchen Shampoo – gegen fettiges Haar; ihres war eher trocken – und ein Stück Seife; all dies lag auf einem Hocker aus unbehandeltem hellen Holz. Die Dusche hatte keinen Vorhang.

»Kann ich die Tür wenigstens zumachen?«

Der Dicke grunzte, warf dem Dünnen einen fragenden Blick zu. Der Dünne hob die Achseln und streichelte das Schloß seiner Flinte.

Die Tür wurde angelehnt. Rocío war sicher, daß die beiden sie beobachteten; sie drehte den Rücken zur Tür, zog sich aus, hielt ihre Unterwäsche einen Moment mit spitzen Fingern hoch und verzog das Gesicht.

Mit dem Rücken zur Tür duschte sie. Ausgiebig. Lange. Gründlich. Sie wusch sich die Haare, seifte sich mehrmals vom Gesicht bis zu den Füßen ein. Von der angelehnten Tür zog es; sie bildete sich ein, Blicke im Rücken zu spüren.

Beim Abtrocknen stutzte sie plötzlich. Bisher hatten die halbwegs freie Bewegung, die Lust des heißen Wassers und die Wonnen von Seife und Shampoo alles andere verdrängt. Nun begann sie zu grübeln. Ende, hatte der Dicke gesagt. Ende wovon? Wahrscheinlich ging die Aktion zu Ende – die Aktion, zu deren Durchführung ihre Gefangenschaft nötig gewesen war. Sie nahm an, daß man ihren Vater erpreßt hatte, etwas zu tun, wenn sie auch keine Vorstellung hatte, um was es sich handeln mochte.

Wahrscheinlich wollte man, daß sie einigermaßen wohlbehalten, also auch relativ sauber, zum Rest der Menschheit zurückkehrte. Eine Imagefrage. Denn wenn man etwas Böses mit ihr plante, brauchte man sie nicht zuerst unter die Dusche zu schicken.

Sie ergab sich diesem Gedanken und dem körperlichen Behagen, dem Wohlgefühl, nicht länger zu stinken, sondern mit feuchten Füßen im Ruch billiger Seife und nasser Haare zu stehen.

Etwas nagte in ihrem Gedächtnis, aber sie kam nicht sofort dahinter, was es war. Ungern zog sie ihre muffige Kleidung wieder an.

Da erinnerte sie sich. An Medd Sulli oder so ähnlich, den der Dicke erwähnt hatte. An den Satz über Medd Sullis Vorlieben. Sie sützte sich mit der linken Hand an der Wand ab und preßte einen Moment lang die Rechte auf den Mund.

6

Der Botschafter wurde immer nervöser. »Warum sitzen Sie denn hier nun stundenlang herum und trinken Kaffee? Wir könnten längst wieder in der Luft sein. Längst schon wieder in Köln.«

»Haben Sie es so eilig?« Bruno grinste und zwinkerte der jungen Frau hinter der Bar zu. Sie reagierte nicht.

»Ja, verdammt.«

»Das erstaunt mich aber. Warum, Exzellenz? Gefällt Ihnen der Ausflug nicht? Oder unsere Gesellschaft?«

»Ja, verdammt, beides. Ich will Sie loswerden, und ich will den da loswerden. Und ich will das, eh, unsere Fracht loswerden. Und überhaupt will ich mich wieder wie ein freier Mann fühlen, nicht wie ein Gefangener.«

»Und Ihre Tochter?«

»Hah. Ja. Meine Tochter. Wieso? Was ist mit meiner Tochter? Warum meine Tochter? Wo steckt sie? Was...«

»Langsam, langsam, Euer Gnaden. Ich wundere mich bloß, daß Sie immer, wenn Sie anfangen zu zetern, von Ihrer hohen Person reden, aber eigentlich nie von Ihrer Tochter. Wenn Sie so wenig an die Kleine denken – wieso sind Sie dann so schnell... mitgekommen?«

Ein Kellner erschien mit den bestellten Gerichten. Geschnetzeltes für den Botschafter, der die Teller der anderen mit Abscheu betrachtete. Er öffnete den Mund und sagte etwas, aber es ging in der nächsten Flugdurchsage unter.

»Was?« Bruno drehte die Gabel.

»Ich sagte: Bah, Spaghetti.«

»Richtig, es sind Spaghetti.«

Der Botschafter begann zu essen; seine Mundwinkel hingen irgendwo unterhalb der Tischkante. »Kann ich«, sagte er plötzlich halblaut, mit halbvollem Mund, »wenigstens mal eben oder nachher, wenn wir durch die Kontrollen sind, in den Shop und für meine Tochter etwas kaufen?«

Hussein kicherte.

»Was denn?« Bruno riß wie überwältigt von soviel väterlicher Liebe die Augen auf.

»Parfum.«

Hussein kicherte wieder.

Bruno zuckte mit den Schultern. »Von mir aus. Wenn Sie sie dann besser riechen können.«

Hussein brach in Gelächter aus; Villalba rümpfte die Nase, sagte aber nichts mehr.

Es wurde fast zehn Uhr, bis sie endlich zum Aufbruch bereit waren, und halb elf, bis sie Kontrollen und Shop passiert hatten. Leichter Nieselregen ging auf das Landefeld nieder.

»Ich hasse diese Nachtflüge«, knurrte Villalba, als er in den Pilotensitz kletterte.

»Keine Sorge, das wird der letzte sein«, sagte Bruno.

»Hoffentlich.«

Die Lichter von Genf blieben unter ihnen zurück. Der Himmel war klar. Auf dem Flug sprachen sie wenig. Als Villalba sich einmal umdrehte, sah er, daß Hussein mit einem langen spitzen Messer seine Nägel reinigte.

»Und so ist das gut«, sagte Bruno, als sie kurz vor ein Uhr morgens den Landeanflug auf Wahn begannen.

»Was ist gut? Nichts ist gut.«

»Nein, alles bestens. Doppelte Sicherheit.«

»Wieso?«

»Sie sind Diplomat. Es ist also sehr unwahrscheinlich, daß man uns höflichst bittet, zum Zoll zu kommen. Und zweitens landen um diese Zeit die Türkenbomber aus Istanbul; da haben Zoll und Grenzschutz alle Hände voll zu tun.«

»Trotzdem. Melden muß ich mich.«

Dem Tower teilte Villalba mit, er komme eben aus Genf und wolle in Wahn bleiben. Man bedankte sich. Danach rief er den Zoll, dann den Grenzschutz.

»Guten Morgen, Herr Botschafter. Willkommen daheim. Sie können gleich zum Hangar fahren. Wir wünschen Ihnen eine angenehme Nacht.«

Bruno nickte und summte leise. Sie folgten dem Wagen, der sie zum Hangar leitete.

Hussein und Villalba öffneten die Hangartore; zu dritt schoben sie die Cessna hinein. Die Tür am anderen Ende tat sich auf; Sullivan und der feiste Eurasier erschienen.

»Na, alles glattgegangen?« Sullivan wandte sich an Bruno.

»Ja. Bis auf das übliche Gezeter.«

Sullivan nickte. »Na schön. – Exzellenz, wir danken Ihnen sehr für Ihre freundliche Mitwirkung. Wenn Sie nun noch die Güte hätten, uns schnell beim Ausladen und Verstauen zu helfen ...«

Villalba gähnte, rieb sich die Augen, knurrte und packte mit an. Der Eurasier stand in Nähe der Tür. Sie trugen die Säckchen von der Cessna zur Tür, nach draußen, in einen wenige Meter entfernt geparkten Transit.

Als alles ausgeladen war, stieg Villalba wieder in die Maschine, um seine Reisetasche zu holen und alles zu sichern. Hussein war hinter ihm; auch seine Tasche lag noch drin. Villalba raffte sich zu diplomatischer Höflichkeit auf, reichte dem Marokkaner das Gepäck. Hussein nickte, lächelte, hielt auf einmal das lange Messer in der Hand und stieß zu.

Villalba brach zusammen, lag halb auf dem Boden, halb auf dem Sitz hinter dem Pilotensessel. Hussein wischte die vom Copiloten Bruno berührten Kontroll- und Lenkapparate ab, stieg auf die rechte Tragfläche, warf die Tür zu, wischte auch dort und kletterte die kurze Leiter hinunter. Sullivan stand am Ausgang und winkte ungeduldig.

Der Leibwächter von der Nachtschicht klopfte ihm auf die Schulter, drückte ihm die Hand und sagte etwas, vermutlich etwas Freundliches. Krollmann nickte, versuchte ein Lächeln. Die beiden Männer eskortierten ihn, gingen sichernd neben ihm her zum schwarzen Mercedes.

Krollmann war noch nicht so richtig wach. Es hatte irgendeine Programmänderung gegeben, so daß man früher aufbrechen mußte als vorgesehen. Der Mann von der Vormittagsschicht drückte ihm einen Zettel in die Hand.

»Der Kanzler will Sie und die anderen verabschieden.«

Krollmann seufzte und verzog den Mund. Dann zuckte er mit den Schultern; der Wächter grinste mitfühlend.

Krollmann blickte nicht zurück. Sein Haus hatte lange da gestanden und würde noch lange dort stehen. Sollte die Operation Erfolg haben, sollte er wieder etwas oder gar viel hören können, würde er sich ohnehin nach einem anderen Domizil umsehen müssen. Theoretisch war es unmittelbar neben der Bahn zu laut; praktisch hatte ihn bisher nur das leichte Beben des Gebäudes gestört, und auch das nicht immer.

Schlimmer waren die Blutflecken. Vom Boden waren sie entfernt, aber wenn er die Augen schloß, sah er alles noch immer zu deutlich. Umzug.

»Wußten Sie schon, daß ›Bundeskanzler‹ ein Euphemismus sein kann? Je nachdem, wer die Bezeichnung gerade mißbraucht?«

Der Mann vom Justizministerium hatte leise gesprochen, damit der Staatssekretär, der mitfliegen sollte, ihn nicht hörte. Stein nickte, zwinkerte und sagte ebenso leise:

»Von einem Taxifahrer habe ich neulich die liebevolle Bezeichnung ›Blötschkopp‹ gehört.«

Der Justizmann giggelte. Stein hatte seinen Namen nicht verstanden; es spielte aber auch keine Rolle, da sie im Flieger genug Zeit haben würden, derlei Versäumnisse nachzuholen.

Der schweigsame junge Mann neben ihnen – man hatte ihnen gesagt, das sei der taube Maler, von dem in der Presse viel zu lesen war, aber Stein hatte nichts von tauben Malern gelesen – spuckte einmal aus, als sie zum wartenden Helikopter gingen. Der Staatssekretär runzelte die Stirn, sagte aber nichts.

Es war ein wenig eng, aber bis Wahn auszuhalten. Die beiden Grenzschutz-Piloten begrüßten sie kurz, verstauten das Gepäck und widmeten sich dann ihrer Routine. Der Helikopter hob ab.

Rocío wehrte sich nicht. Sie drehte das Gesicht zur Wand, schloß die Augen, bemühte sich, gleichmäßig zu atmen. Am schwierigsten war der Ekel zu beherrschen.

Der Mann war mitten in der Nacht aufgetaucht. Er sagte nicht viel, aber aus der Art, wie die anderen seinen Anweisungen gehorchten und sie mit gespreizten Armen und Beinen auf das Bett banden, schloß sie, daß er der Mensch namens Medd Sulli sein mußte. Sie hatte keine Chance. Er wartete, bis die anderen mit dem Fesseln fertig waren; dann knurrte er etwas. Sie gingen, ließen die Tür noch einen Moment offen, kamen zurück, mit Jacken und Seesäcken.

»Ihr nehmt den Transit«, sagte er. »Wir sehen uns wie verabredet.«

Die beiden nickten. Der Dicke streifte sie mit einem Blick, in dem fast eine Art Mitleid oder zumindest Mitgefühl lag.

Als sie allein waren, öffnete Medd Sulli seine Hose, streifte sie bis zu den Knien herunter, grinste und kam zu ihr. Er zerriß ihren Schlüpfer und schob den Rock hoch.

Rocío blieb regungslos liegen. Er war bald fertig, stand auf, zog die Hose wieder hoch. So hörte es sich an.

»Mist«, sagte er. »So macht das keinen Spaß. Du hättest ruhig ein bißchen kreischen können.«

Sie schwieg, drehte weiter das Gesicht zur Wand, atmete flach. Ihr Herz pochte; der Rest des Körpers war abgestorben, ein fremdes Ding.

»Eigentlich wollte ich dir noch erzählen, was passiert ist. Was wir mit deinem Alten gemacht haben. Aber du reagierst ja gar nicht. Deshalb behalte ich das für mich.« Er kicherte, wie über einen guten Scherz. Irgend etwas klickte.

Sie preßte die Lider fester zusammen. Keinen Triumph gönnen. Darauf wartet er ja nur. Etwas in ihr löste sich auf. Nur der Rahmen aus Erziehung, Konventionen und Überzeugungen hielt noch. Sie wollte nicht wollte doch wollte nicht schreien. Sie konzentrierte sich. Vielleicht fände er auch DARAN keinen Spaß, so ohne Reaktion. Vielleicht ginge er einfach fort. Vielleicht – vielleicht hörte er einfach auf zu existieren, wenn sie es so wollte. Vielleicht wachte sie endlich aus diesem zähen Albtraum auf. Sie biß auf die Zähne, sammelte ihre zerfasernden Gedanken, wuchtete sie in diese schwächliche Magie.

Die Kugel, Kaliber 44, aus zwei Metern Entfernung, löschte Rocío Villalba Contreras aus.

Es war ein alter, grauer, viertüriger Rekord. Wie vereinbart hatte er das Fenster hinter dem Fahrer einen winzigen Spalt offen gelassen. Wie verabredet lag ein mausgrauer Umschlag auf der Rückbank. Er enthielt sechs Schecks über je sechstausend Mark. Natürlich konnte er sie vor der Aktion nicht mehr kassieren; insofern war es eine Zahlung mit Vorbehalt. Die Schecks lauteten auf sechs verschiedene Namen. Alles seine.

Während er durch den Morgen fuhr, bedachte er die eine Unwägbarkeit. Er hielt sie für gering, aber seine Nackenhaare hatten sich gesträubt beim ersten Nachdenken.

Es war möglich, daß Mijnheer bereits sehr früh ein Überwachungsteam losschickte. Möglich, aber kaum wahrscheinlich, da es auffallen mußte. Ihm und den beiden Knäblein. Er beschloß, besonders vorsichtig zu sein. Er hatte einen Plan für diesen Fall. Der Plan unterschied sich nicht sehr von dem, den er für den anderen Fall, den des Erst-in-den-letzten-Minuten-beobachtet-werdens entwickelt hatte. Er würde in jedem Fall hinter den Stadtbahnschienen unsichtbar werden. Um fünf nach sieben erreichte er die Garage; der Wagen der beiden Pseudoterroristen stand in der Nähe.

Der Mann ohne Gesicht stieg aus, ließ den Motor laufen und öffnete die Garagentür. Als die beiden zu ihm traten, nickte er kurz und deutete auf die Gegenstände, die mitzunehmen waren. Alles durchgesprochen und dreimal geübt; es klappte, wenngleich einem der beiden – dem Kleineren – die Hände zitterten.

Lingen nahm die große Reisetasche. Er blickte sich noch einmal um.

»Nichts vergessen?« sagte der Größere. »Was ist da drin?«

Lingen hob die Tasche ein wenig hoch; sie war schwer. »Sowas wie eine zusätzliche Lebensversicherung. – Los.«

Sie stiegen in den Rekord; der andere Wagen blieb zurück, um vielleicht der Polizei Rätsel aufzugeben.

Zwanzig nach sieben: Sie erreichten die Überführung. Der Karren stand da, wo sie ihn abends abgestellt hatten. Die beiden Knaben stiegen aus, in blauen Arbeitsklamotten, packten die Raketen in den Karren der Stadtgärtnerei und schoben ihn über die Brücke. Obenauf lagen zwei Rechen, zwei Laubbesen, eine Heckenschere und eine Schaufel.

Es war ein heller Sommermorgen und schon relativ warm. Der milde Südwestwind brachte das Geblök von Schafen aus einem alten Obstgarten. Hinter der Pumpstation, die an dieser tiefliegenden Stelle Grundwasser entfernte, antworteten andere Schafe aus den Gärten der kleinen Schaustellersiedlung. Rauch stieg aus dem Kamin eines langen Hauswagens; es roch nach Spiegeleiern und Speck. Gegenüber, jenseits der Straße, blinkte die Sonne aus einigen gekippten Fenstern. Aus dem »Projekt«, einem von Grünflächen durchsetzten Vieleck vier- bis achtgeschossiger Wohnblocks, strömten Leute auf dem Weg zur Arbeit, zu Fuß, mit Fahrrädern; Wagen verließen die Tiefgaragen. Eine Bahn der Linie H ratterte, von Bad Honnef kommend, Richtung Zentrum vorüber. Auf der Bundesbahnstrecke, einen Steinwurf von der Stadtbahn entfernt, röhrte ein langer Güterzug nach Süden, etwa zur Hälfte beladen mit frischen Fords aus Köln. Vor einem der Häuser neben der wilden Gestrüppsenke stieg ein Mann in seinen Wagen, blickte herüber, nickte, rief etwas wie »Wird auch Zeit, daß da mal was getan wird«, warf die Tür zu und fuhr davon.

Die verstrüppte Senke war von der Straße oberhalb kaum einzusehen; am Rand ragten verwilderte Brombeersträucher mehr als einen Meter hoch. Weiter unten in der Kurve, wo die kleine Straße einmündete, war der Randbewuchs flacher; allerdings gab es dort einen breiten Streifen zwischen Bürgersteig und Senkenrand, so daß das niedrige Buschwerk immer noch einen guten Sichtschutz abgab.

An der kleinen Straße, die parallel zur Stadtbahnstrecke verlief, öffnete sich die Senke, aber an dieser Stelle hatten die beiden ihren Arbeitskarren geparkt. Zwischen der kleinen Straße und einem Weg, der hier begann und an den Stadtbahngleisen entlang zu den Schaustellergärten führte, stand auf einem grünen V die Pumpstation. Das V verbreiterte sich zur Einmündung in die größere Straße; zwischen dieser und den Gleisen lagen schließlich gute fünfzig Meter Gärten, Schafe und Wohnwagen.

Schnell und einigermaßen geschickt wühlten die beiden RAF-Leute sich in die Senke; der Morgenverkehr rollte vorüber, ohne daß einer sich um die städtischen Arbeiter gekümmert hätte.

Lingen schulterte die in einem langen Plastiksack steckende Stinger ohne Abschußgerät und ging hinter der Pumpstation den Weg hinauf; bei den Schaustellergärten erreichte er den Übergang über die Stadtbahngleise. Bis zur Bundesbahn erstreckte sich jenseits der Schienen eine wuchernde, selten genutzte Weide. Zwischen Gärten und Brücke verstrüppte Hügel, die eine Tennisanlage von der Stadtbahn trennten, dann wieder Gestrüpp am Bahndamm. Die Stadtbahnstrecke beschrieb eine lange Linkskurve, an deren Ende sie unter der Bundesbahn hindurchtauchte und die Haltestelle Limperich erreichte. Dort war auch die zweite Unterführung, für die Kreuzherrenstraße. Im schmalen Dreieck vor diesem Doppeltunnel endete die wilde Wiese an einem alten Holzschuppen, in dem Schwellen lagerten. Lingen lief geduckt über die Weide, deponierte die Stinger im Gestrüpp am Bahndamm, unterhalb der Straßenbrücke. Die Stinger trug eine kleine Aufschrift mit Fettstift: *Property of Sullivan & Mijnheer.* Dann rannte er, immer noch geduckt, hart am Rande des Gestrüpps nach Süden, wo die Wiese eng wurde, und ließ Reisetasche und Jutebeutel im Schwellenschuppen.

Als er das Walkie-talkie einschaltete, erfuhr er nicht viel.

»Die sind noch immer hier. Es wird gelabert.«

Er kannte die Stimme nicht; irgendwie hatte er damit gerechnet, daß Sullivan der Kontaktmann sein würde. Langsam ging er über die Wiese, zum Übergang zurück zur Pumpstation und zum Karren.

Der Kleinere tauchte aus dem Gestrüpp auf, ein bißchen zerkratzt. »Alles verstaut. Wie sieht's aus?«

»Warten.« Lingen holte das Schnurknäuel aus seiner Jakkentasche und reichte es dem Knaben. »Knöchel, wie verabredet, klar?«

Nicken. Der Mann kroch wieder ins Gestrüpp. Lingen zog sich hinter die Pumpstation zurück und beobachtete die Umgebung. Keine auffälligen Wagen, keine neugierigen Passanten. Er knurrte.

Die nächste Stadtbahn. Der Kleinere kam zu ihm; er hielt das kleiner gewordene Knäuel in der Hand.

»Die Dinger sind fertig. Es kann losgehen.«

Lingen nahm das Knäuel, wickelte noch ein wenig Schnur ab und warf den Ball über die Stadtbahnschienen.

»Okay. Sie kommen mit.«

Sie liefen wieder nach Norden, vorbei an der Pumpstation, über die Gleise, zurück nach Süden. Geduckt.

»Da, für Sie.« Lingen bückte sich, hob das Knäuel auf und drückte es dem Kleineren in die Hand. »Sie hocken sich hier hinter die Hecke, da sind Sie außer Sicht. Lassen Sie die Leine schlaff, sonst hält Ihr Kumpel die nächste Bahn schon für ein Signal.«

Der Mann war so aufgeregt, daß er alles schluckte.

»Ich hock mich da unten an den Schuppen; von da hab ich alles gut im Blick. Sobald Sie gezupft haben – wenn ich rufe oder winke, klar? – kommen Sie zu mir. Aber geduckt.«

»Alles ... klar.« Der Kehlkopf arbeitete.

Lingen drückte sich ins Gestrüpp unter dem Bahndamm, kroch zum Schwellenschuppen. Als er dort ankam, nahm er das Walkie-talkie in die Hand, betrachtete es einen Moment, legte es auf einen Holzvorsprung, stellte die Reisetasche und den Jutesack bereit.

Ein Wagen kam langsam die Kreuzherrenstraße herab und bog in die kleinere Straße ein. Lingen sah ihn durch die Ritzen und nickte. Es war ein älterer Diesel, unauffällig. Vier Männer saßen darin; einer von ihnen konnte Sullivan sein. Der Wagen blieb gegenüber vom Schuppen auf einer kleinen Parkfläche an der Stadtbahn-Unterführung stehen; der Motor wurde ausgeschaltet.

»Eins an Zwei. Eins an Zwei.«

»Ich höre.«

»Es geht los. Zwei Stück. Zwei ist die Zahl.«

»Okay.«

Lingen blickte dorthin, wo der Kleinere lag. Rufen konnte er nun nicht; der Diesel war zu nah. Er zog sein Taschentuch und bewegte es mehrmals auf der vom Diesel nicht einzusehenden Schuppenseite.

Der Kleinere wandte den Kopf, nickte. Lingen hob einmal den rechten Arm. Wieder Kopfnicken. Der Kleinere wandte sich dem Bahnstrang zu, kam dann langsam zum Schuppen gekrochen. Lingen gab ihm vorsichtshalber noch einmal Zeichen, unbedingt flach am Boden zu bleiben.

»Da drüben«, murmelte er, als der Kleine endlich angekommen war. Er deutete durch die Ritzen des Schuppens auf den Wagen.

»Ah.«

Die beiden Helikopter tauchten hinter den Dächern der Wohnblocks auf. Lingen streifte die Gummihandschuhe über und stupste den Kleineren an. »Sehen Sie? Gleich haben Sie Ihr Feuerwerk.«

Der Junge zitterte, beugte sich vor, streckte den Kopf aus der Seitenöffnung des Schuppens, starrte in den westlichen Himmel.

Ein Güterzug donnerte über ihren Köpfen dahin. Lingen nahm die Pistole aus der Jutetasche, hielt den Schalldämpfer wenige Zentimeter hinter den Nacken des Kleineren und drückte ab. Er selbst hörte kaum etwas.

Der Zug war lang, fuhr immer noch oben auf dem Damm entlang. Aus der Stadtbahnunterführung rollte das Echo.

Der kleinere RAF-Mann sackte vornüber aus der Öffnung des Schuppens. Es war die Nordseite, nicht von der Stichstraße zu sehen. Lingen steckte die Pistole in die Jutetasche, trat auf den Toten und richtete die schußbereite Panzerfaust ungefähr aus.

Seit dem Auftauchen der Helikopter waren vielleicht fünfzehn Sekunden vergangen. Aus dem Gestrüpp in der Senke hoben sich schnell hintereinander zwei schlanke Projektile, ritten auf diffusen Strahlen in den Himmel. Nichts war zu hören; Lingen widerstand der Versuchung, sich die Ohren zuzuhalten. Der Zug nahm immer noch kein Ende.

Über dem Rheinufer, noch jenseits der Wohnblocks, entstand ein Feuerball. Der zweite Helikopter kippte und torkelte außer Sicht, als die Wucht der Detonationen ihn traf.

Lingen wartete. Der Diesel setzte sich in Bewegung. Endlich endete oben der Zuglärm. Der Diesel beschleunigte leicht, rollte an die Senke heran, bremste ab, kurz vor dem Arbeitskarren.

Mit der linken Hand berührte Lingen sanft das zweite Geschoß.

Die Diesel-Besatzung war gründlich. Der Fahrer und der Mann hinter ihm kurbelten die Fenster herunter und belegten die Gestrüppsenke mit Dauerfeuer aus Waffen, die für Lingen wie MPs klangen. Er war zu weit fort, um Einzelheiten zu sehen. Er war jedoch sicher, daß der Mann auf dem Beifahrersitz Mad Sullivan war.

Das Feuer wurde eingestellt, aber der Wagen stand noch auf der Stelle. Ringsum öffneten sich Fenster, auf der Straße oben quietschten Bremsen.

Ein schwarzer Punkt verließ den Diesel, beschrieb eine flache Kurve und stürzte in die Senke. Eine Stichflamme, dann der Krach der Detonation.

»Genug?« knurrte Lingen. »Nein?«

Der Handgranate folgte noch ein Feuerstoß aus einem Flammenwerfer. Der Diesel mußte wirklich einiges geladen haben.

Langsam setzte sich das Arsenal in Bewegung, die kleine Steigung hinauf zur Einmündung in die größere Straße. Lingen feuerte.

Er brauchte das zweite Geschoß nicht mehr. Leise durch die Zähne pfeifend legte er die Panzerfaust aus Bundeswehrbeständen auf den Boden, neben den Toten.

Der wabernde Ball rollte die kleine Steigung rückwärts hinab, kollidierte mit dem Arbeitskarren, blieb stehen. Dann hatte das Feuer einen Teil der empfindlichen Ladung erreicht. Eine Serie von Detonationen zerfetzte die Flammenkugel, die einmal ein Diesel gewesen war. Die Gestrüppsenke loderte.

Lingen mußte einen Moment warten, bis die Bahn aus Honnef am Schuppen vorübergefahren war. Sie wurde immer langsamer, der wüste Brand wirkte als Magnetbremse. In weitem Umkreis waren Fensterscheiben geborsten; Leute strömten auf die Straßen, starrten auf die Flammen, vermutlich eher staunend als entsetzt.

Lingen kroch um den Schuppen herum, preßte sich an den Boden. Am Ende des Stadtbahntunnels rollte er sich nach links ins Gebüsch, kroch hindurch, erreichte den auf der

Ostseite des Bahndamms verlaufenden Fußweg, stand auf, klopfte sich ab, ging ruhig zur Kreuzherrenstraße, registrierte die Völkerwanderung Schaulustiger, hörte in der Ferne die ersten Sirenen und wandte sich nach links, zur B 42, Königswinterer Straße. Er winkte, als ein leeres Taxi vorbeikam, stieg ein und ließ sich zur Beueler St. Josephs-Kirche bringen. Die Rheinbrücken hatte man vielleicht schon gesperrt, und ohne Zweifel würden die Taxifahrer nach Passagieren Richtung Bahn oder Flughafen befragt werden.

Durch die Nebenstraßen schlenderte er zum Rheinufer, zur Anlegestelle der kleinen Personenfähre. Sie war gerade in der Flußmitte. Irgendwo stromauf stieg Rauch in die Luft und erschwerte den Blick auf das Regierungsviertel. Lastkähne tuckerten auf dem Rhein, wie immer, und ein paar Helikopter kreisten über der Absturzstelle. Ein Polizeiboot schoß quer über den Strom, tanzte zwischen zwei tiefliegenden Kähnen hindurch und näherte sich dem Beueler Ufer.

An der Anlegestelle unterhalb der Unibibliothek gab es keine Kontrollen. Terroristen benutzen keine Personenfähren. Der Mann ohne Gesicht zog die Windjacke wieder aus. Auf dem Fluß war der kühle Wind fast unangenehm gewesen, aber in der Stadt war es entschieden zu warm.

Im Kaffeehaus am Römerplatz frühstückte Lingen geruhsam und las den *Generalanzeiger*. Gegen halb zehn ging er in den Kaufhof, erstand eine billige Reisetasche, Unterwäsche, zwei Hemden, Socken, Seife, ein Handtuch, Zahnpasta, Zahnbürste. Auf Rasierzeug verzichtete er, da der französische Paß, den er zu verwenden gedachte, das Bild eines Bärtigen barg.

Commerzbank. Deutsche Bank. Dresdner Bank. Bank für Gemeinwirtschaft. Sparkasse. KKB. Die Schecks wurden anstandslos ausbezahlt. Mijnheer würde sich freuen.

Um zwanzig vor elf stieg Lingen am Hauptbahnhof in den

Flughafenbus. Natürlich gab es einen Stau auf der Nordbrücke; natürlich wurde kontrolliert. Bis sie die Sperre hinter sich gelassen hatten, war es fast viertel nach elf. Lingens Ausweis war natürlich in Ordnung; der Mann ohne Gesicht sah, wenn überhaupt, wie ein normaler Durchschnittsreisender aus, und seine Reisetasche enthielt nichts Auffälliges. Er hatte mehr als achtzigtausend Mark in bar bei sich, aber große Scheine, in verschiedene Taschen gesteckt, machen keine Beulen.

Lingen hatte abends, nach kurzem Überlegen, die diversen Flugtickets zerstückelt und in die Toilette geworfen. Im Flughafen angekommen, warf er einen Blick auf die Anzeige der Starts, dann ging er zum BA-Schalter. In der Maschine um zwölf Uhr zehn nach London waren noch Plätze frei. Er glaubte nicht, daß die Polizei oder Mijnheers Leute sich große Gedanken um freie Plätze in vier anderen Maschinen machen würden – freie Plätze, gebucht auf vier verschiedene Namen. Wenn überhaupt jemand davon erführe. Immerhin, sicher ist sicher, und man hat schon Pferde vor der Apotheke kotzen sehen.

Es war noch Zeit für zwei Telefonate. Zunächst rief er die Firma Schmidt an und erfuhr, daß Herr Schmidt in die Provence gefahren sei. Allerdings liege auf seinem Schreibtisch ein Bornholm-Prospekt herum, und alles sei ein wenig wirr. Lingen dankte und hängte ein. Dann ließ er sich von der Auskunft die Nummer des Bonner *Generalanzeigers* geben.

»Generalanzeiger Bonn.«

»Bitte die Lokalredaktion.«

»Moment. Ich verbinde.«

Er wartete. Ein Mensch mit irgendeinem Namen meldete sich.

»Haben Sie was zu schreiben?«

»Warum?«

»Ein Hinweis, den Sie schnell an die Polizei weitergeben sollten.«

»Wer spricht denn da?«

»Tut nichts zur Sache. Wollen Sie oder wollen Sie nicht?«

Der Redakteur wollte. Lingen beschrieb das Haus von Sullivan im Bergischen Land so knapp wie möglich und sagte schließlich: »Da können die diese Botschaftertochter suchen. Aber Vorsicht, sie ist bestimmt nicht ohne Bewachung.«

Auf dem Weg zur Paß- und Zollkontrolle grinste er leicht vor sich hin. Mijnheer würde sich abermals freuen. Die Polizei würde mühelos herausfinden können, daß das Haus Sullivan gehörte, daß Sullivan für Mijnheer arbeitete. Selbst wenn Sullivans verbrannte und zerfetzte Leiche nicht zu identifizieren war. »Fetzig«, murmelte er.

Bei der Kontrolle gab es keine Probleme. Der Metalldetektor sprach auf seinen Schlüsselbund, Kleingeld und die Gürtelschnalle an; nach der geldgefüllten Windjacke, die statt eines Reißverschlusses Lederknöpfe besaß, hatte Lingen lange suchen müssen.

Während des Fluges entspannte er sich. Yoga. Seine Gedanken paßten sich dem Atem an. Später entsann er sich noch einmal der längeren Gespräche mit Lorre und ahnte, wo er ihn zu suchen hatte.

7

Irgend jemand mußte eine Art Überblick haben über die Steinchen, und über den Zusammenhang zwischen ihnen. Falls es einen gab. Irgend jemand oben, viel weiter oben, hoch über dem Hauptkommissar. Er rieb sich die Augen, dachte an den Mann vom BKA, der wahrscheinlich auch nichts wußte, sich aber einbilden konnte, nicht mehr zur Gruppe der Sammler und Jäger von Informationen zu gehören. Die Herren setzten die von anderen angehäufelten Krümel zur Andeutung eines Gebäcks zusammen, von dem man nicht wußte, ob es ein Brötchen, einen Kuchen, verschimmelten Müll oder die lautere Fopperei ergeben würde. Er dachte an die Kölner Kollegen, die damals mit dem Fall Schleyer befaßt gewesen waren. Man hatte den einen wichtigen Hinweis auf eine Wohnung in Erftstadt nicht verfolgt; man hatte komplizierte hierarchische Wege und Informationskanäle installiert, die nicht ineinander flossen, sondern Parallelen bildeten und sich nicht einmal in der Unendlichkeit treffen konnten.

Er blickte auf sein Handgelenk. Viertel nach zwölf. »Die Mitternacht rückt ferner schon, wie immer pennt ganz Bonnbylon«, murmelte er. »Außer uns hier.« Auf der Schule hatte er Heines *Belsazar* auswendig gelernt; lange her – zu einer Zeit, in grauer Vorzeit, als man auf Gymnasien noch Gedichte lernen mußte. Er dachte an die zehn Jahre, die ihn von der Pensionierung trennten, fühlte sich hundert Jahre alt und schlurfte zum Getränkeautomaten. Mit einer lauwarmen Colaplastik in der Hand döste er einen Moment im Stehen.

Zurück zum Schreibtisch. Er schob Papiere hin und her, Aussagen, Protokolle, Hinweislisten, Namen, Adressen; zum Teil handschriftliche Originale, die allesamt längst abgetippt und ans BKA übermittelt worden waren. Das alles war zu viel, zu wirr, zu hoch; nicht sein »Fall«. Er war froh darüber.

»Sinnlos«, knurrte er eine Viertelstunde später. Die Cola war fort, getrunken, verdunstet, entwischt, egal; er erinnerte sich an keinen einzigen Schluck. Seit einer Viertelstunde hatte er, ohne auch nur einen Buchstaben zu registrieren, eine Protokollseite gelesen. Er schloß die Augen. Achtunddreißig Stunden am Stück.

Als er die Augen wieder öffnete, war es kurz vor zwei. Er zwinkerte. In der Tür stand ein Kollege.

»Ab ins Bett. Das hat doch keinen Zweck so. Diese Nacht passiert eh nix mehr.«

Der Hauptkommissar nickte langsam. »Glaub ich auch. Weniger das Passieren als den Zweck.«

Er schob zwei Stapel ineinander, mischte, teilte nicht aus und ging. Den Wagen ließ er stehen; er wohnte nicht allzu weit entfernt und zog fünfzehn Minuten Nachtluft der schweren Arbeit am Lenkrad vor.

Er zwang sich, stramm zu marschieren, atmete tief. Nach ein paar Minuten bemerkte er, daß er im Geist vier Silben formte, fast hörbar dachte; ein Vierertakt, immer wenn er den linken Fuß aufsetzte. CU-I BO-NO CU-I BO-NO CU-I BO-NO CU-I BONO.

»Das gute alte *cui bono*«, teilte er halblaut einem auf dem

Bürgersteig geparkten Wagen mit. »Wem nützt es?« fragte er die kranke Roßkastanie an der Ecke. »Was nützt es mir?« sagte er der Luft über dem Zebrastreifen.

Die Einzelheiten tanzten um seinen Kopf; er war einen Moment überzeugt davon, daß sie mit ihrem Schwirren eine Art astralo-kriminalen Scheinheiligenschein bilden mußten.

Ahmed auf den Schienen. Ein zürnender türkischer Vater, der von nichts wußte. Islamische Extremisten? Türkische Familienfehde? Ein obskurer Hinweis aus dem Saarland auf Waffenschieber? Krollmann, der taube Maler. Unfreiwilliger Tatzeuge, die Skizze, die verschwundene Skizze, die neue Skizze. Der Anschlag auf Krollmann; die erschossene Verlagslektorin. Das jähe Interesse der Politiker daran, eine gute Tat zu tun, eine Operation in den USA zu organisieren und dafür in die Zeitung zu kommen. Ahmed tot. Krollmann tot, im Helikopter. Hatte der Anschlag ihm gegolten? Ein Beamter aus dem Justizministerium. Ein Mann vom AA. Der Staatssekretär. Zwei Grenzschutz-Piloten. Alle tot. Zwei tote Terroristen. Terroristen? Sie standen auf keiner Liste, unbeschriebene Blätter. Außer der Behauptung des anonymen Anrufers nichts zu dem Thema. Und, natürlich, die Leichen. In einem Wagen, der vor Wochen in Frankfurt gestohlen worden war. Eine Leiche – eine Kollektion von Fleisch- und Knochenfetzen – in dem Gestrüpp, aus dem die Raketen abgefeuert worden waren. Eine Leiche in einem Schwellenschuppen neben der Linie H, mit Genickschuß, neben einer Panzerfaust und einem nicht mehr verwendeten Geschoß. Ein gestohlener Arbeitskarren der Stadtgärtnerei. Ein detonierter Wagen, darin vier Leichen, soweit die Mediziner nach dem Durchzählen der Stücke sicher sein konnten. Mit der Panzerfaust beschossen, aber außerdem vermutlich – die Zeugen berichteten von mehreren Explosionen – vollgepfropft mit Waffen und Munition, die beim Beschuß detoniert sein mußte. Der Mann im Gestrüpp feuert die Raketen ab; die Leute im Wagen erledigen den Mann im Gestrüpp; der Mann im Schwellenschuppen erledigt den Wagen. Wer den Mann im Schwellenschuppen? Wer hatte die Stinger mit dem Eigentumsvermerk im Gebüsch versteckt? Wem gehörten die herrenlosen, sämtlich gestohlenen Wagen, die an verschiedenen Stellen von Beuel herumstanden? Woher stammten die Sam und die Stinger?

Er seufzte; die Kette brach ab. Eine neue bildete sich. Der tote Penner. Wer hatte ihn erwürgt und in den Garten dieses Botschafters gelegt? Was hatte der Botschafter in Valencia, Las Palmas, Dakar, Madrid, Paris und Genf gemacht? Falsche Reihenfolge. Egal. Wo steckte er jetzt? Er war in Wahn gelandet, die Maschine stand im Hangar, der Mann war nicht aufzufinden. Vielleicht sollte man die Maschine einmal untersuchen. Er hoffte, daß er am Morgen daran denken würde. Und wer war der anonyme Anrufer bei der Zeitung? Woher wußte er von dem Haus im Bergischen Land, in dem das tote Mädchen gefunden worden war, die Tochter des Botschafters? Wer hatte sie entführt? Dieser mörderische Ire, Sullivan? Wo steckte Sullivan? Was war da abgelaufen? Was hatte der feiste Halbholländer mit der Sache zu tun? Mijnheer. Die Kölner Kollegen hatten ihn seit Jahren auf dem Kieker; er war mehrmals festgenommen worden, aber man hatte ihm nie etwas nachweisen können. Auch diesmal die vollendete Unschuld.

»Was? Ich? Ich wüßte selbst gern, wo Sullivan steckt; er schuldet mir noch Geld.«

Vermutlich aussichtslos. Nicht ranzukommen. Nicht einmal der Vermerk auf der Stinger half weiter.

»Ich? Stinger? Diese, eh, amerikanischen Raketen? Also nein, wirklich, woher sollte ich amerikanische Raketen haben? Und vor allem wozu? Da hat sich jemand einen bösen

Scherz erlaubt, mein Herr, und zwar einen von sehr schlechtem Geschmack.«

Wahrscheinlich. Ohne die Stinger mit dem Vermerk wäre vermutlich niemand darauf gekommen, daß der Komplex Botschafter/Tochter/Sullivan und der Komplex Helikopter/RAF etwas miteinander zu tun hätten. Oder hatten sie am Ende gar nicht? Hatte sich da jemand vielleicht einfach einen ganz miesen Witz mit den Behörden erlaubt? Und was war mit Ahmed und Krollmann? Hatte der Maler zufällig in dem Helikopter gesessen? Aber wer könnte Exilperser auf Bahnschienen legen und später die Zusammenstellung von Delegationen in die USA nach Belieben manipulieren? Anders herum – wer hat es nötig, Leute von der Bahn überfahren zu lassen, wenn er mit Grenzschutzhelikoptern und der Reiseplanung des Auswärtigen Amts spielen kann?

»Grotesk«, sagte der Hauptkommissar. Er schloß die Haustür auf und ging die Treppe hinauf. »Absurd«, flüsterte er, als er in die Wohnung trat. »Vollkommener Blödsinn«, hauchte er, als er sich auszog und möglichst leise ins Bett kroch.

»Was?« murmelte seine Frau im Halbschlaf.

»Nichts, Liebes. Alles in Ordnung. Gut schlafen.«

»Natürlich sollten Sie, wenn ich das sagen darf, jetzt den einen oder anderen Posten aufgeben.« Der Mann, der aus dem Innenministerium gekommen und zur rechten Hand des neuen Staatssekretärs gemacht worden war, nannte ein paar Firmennamen; schließlich auch den eines unter anderem mit Rüstungsgütern und Fliegerei befaßten Konzerns. »Es würde sich gut machen, wissen Sie«, setzte er hinzu. Er lächelte. »Für die Öffentlichkeit.«

Der neue Staatssekretär hob die Brauen und blickte ihn über den Schreibtisch hinweg an. »Nur für die Öffentlichkeit?«

»Vor allem.« Es klang sehr sanft. »Auch für die Presse.« Er hüstelte.

Sein alter, wenngleich distanzierter Parteifreund nickte zögernd. »Na ja. Wahrscheinlich haben Sie recht. – Diese ganzen Revirements nach dem Attentat... Ich muß mich erst einmal einarbeiten. Und ein paar Leute aus anderen Bereichen, mit denen man immer mal was zu tun hatte, sind plötzlich weg. Von den Neuen kenne ich kaum einen.«

Der ehemalige Beamte des Innenministeriums hob die Hand. »Ach, das wird sich alles finden. Verlassen Sie sich da ganz auf mich. Ich kenne die meisten, die bei dieser Karussellveranstaltung hochgekommen sind.«

Der Staatssekretär verzog einen Mundwinkel. »Ich sehe, ich habe recht daran getan, Sie zu holen. Wir werden ein gutes Team abgeben.«

»Zwangsläufig.«

»Verstehe ich den Unterton richtig?«

Der Mann auf der anderen Seite des Schreibtischs winkte ab. »Ich habe keine Ambitionen, wenn Sie das meinen.«

»Hm. Sagen wir lieber, Ihre Ambitionen erstrecken sich ausschließlich auf die Bereiche hinter den Kulissen, ja?«

»Und die tiefen Keller.«

Der Staatssekretär grinste plötzlich. »Lieber Freund, kennen Sie Kleist?«

»Sie meinen das *Marionettentheater*?«

»Bestimmt nicht ›Mit allen Feinden Brandenburgs im Staub‹.«

»Das ist Brecht.«

»Auch. – Haben Sie denn schon ein bißchen Ahnung von den Leuten hier in *diesem* Gebäude?«

»Ein bißchen, ja.«

»Und? Irgendwelche Leichen im Keller?«

»Ein paar, ja. Aber wer hat die nicht?«

Der Staatssekretär räusperte sich. »Eben. Deshalb sollten Sie nicht zu schnell vorgehen.«

Der Mann, der aus dem Innenministerium gekommen war, blickte seinen Parteifreund und Vorgesetzten an. »Diesmal muß ich wohl fragen, ob *ich* den Unterton richtig verstehe.«

Der Staatssekretär lächelte kühl. »Ich glaube, wir verstehen uns. Nun denn, an die Arbeit.«

Lorre blickte über die Felsen aufs Meer hinaus. Es war Ebbe. Brackiges Wasser in Pfützen, faulender Tang und kräftiges Salz in der Kanalbrise ergaben den Geruch, den er mit Meer assoziierte. Der Küstenpfad war belebt; die störenden Touristenscharen hatten jedoch zur Folge, daß er auch in Roscoff reichlich deutsche Zeitungen fand.

Und französische Blätter. Diese beschäftigten ihn im Moment. Er ging langsam weiter nach Westen, kletterte vom befestigten Weg auf die Felsen hinunter, kraxelte weiter meerwärts und hockte sich auf einen Block, der Einsamkeit garantierte, weil er mit Lorre schon fast überfüllt war.

Er hatte sich ein kleines, eher unscharfes, vermutlich aber richtiges Bild der Vorgänge am Rhein gemacht. Nichts davon erheiterte ihn. Aber bis zum Morgen hatte ihn all das auch nicht im Kern erschüttert.

Nun war die Lage anders. Die französischen Morgenblätter berichteten über Vorfälle in der Hafengegend von Marseille, und diese Vorfälle sorgten dafür, daß er sich auf seinem vorgeschobenen Felsen nun fühlte wie auf einer Dynamitkiste. Er mußte befürchten, daß jemand früher oder später die Lunte finden und zünden würde.

Bei einer Auseinandersetzung in einem Hafenlokal seien, hieß es in den Meldungen, mehrere Leute ums Leben gekommen. Der Rest der Berichte variierte stark, je nach Blutrünstigkeit des betreffenden Blatts. Im Prinzip enthielten alle die gleichen Informationen, unterschiedlich garniert. Ein Algerier, ein Italiener, ein Korse und drei Deutsche. Die Deutschen seien Mitarbeiter einer Spedition in Bonn gewesen. Lorre brauchte keine amtliche Bestätigung, um zu wissen, daß die Toten Filder, Gonzo und Ettore waren. Ettore hatte einen deutschen Paß.

Er bedachte die Konsequenzen. Aus den Schilderungen, die die deutschen Zeitungen über den Anschlag in Bonn gebracht hatten, ergab sich ganz klar, daß Lingens Kalkulationen stimmten. Mijnheer hatte ihn teils geködert, teils gezwungen, diesen scheußlichen Job zu übernehmen. Den wenigen Auslassungen Lingens zufolge schien es so gewesen zu sein, daß man Lingen durch einen finanziellen Kniff – irgendwas mit einer Telefonrechnung – dazu gebracht hatte, den aus lange zurückliegenden Gründen verhaßten Halbholländer aufzusuchen. Wahrscheinlich hatte Mijnheer ihm bei diesem Treffen dann so viel erzählt, daß Lingen nur noch mitmachen konnte, da er andernfalls zuviel gewußt hätte. Er wußte aber natürlich auch so zuviel, deshalb war sein Tod, seine Liquidierung, von Mijnheer fest einkalkuliert. Lorre war bereit zu schwören, daß diese seltsamen Terroristen den Auftrag gehabt hatten, Lingen am Ende umzubringen – sie durften ja auch nicht wissen, daß Mijnheer längst den Tod des gesamten Kommandos beschlossen hatte. Doppelte Sicherheit. Entweder erledigt, nach gelungenem Attentat, Mijnheers Killertrupp Terroristen und Lingen, oder, wenn das schief gehen sollte, stirbt Lingen durch die Hände seiner RAF-Mitarbeiter. Die später von Sullivan & Co. leichter zu erledigen wären als der gerissene, bestens aufs Untertauchen eingestellte Mann ohne Gesicht.

Nein, Lingen hatte recht behalten. Und offenbar war er entkommen. Sullivan dürfte in dem von einer Panzerfaust vernichteten Wagen gesessen haben, und anders als die Zeitungen ging Lorre davon aus, daß Lingen die Panzerfaust abgefeuert hatte, nicht der mysteriös in einem Schwellenschuppen erschossene Unbekannte, vermutlich der zweite Terrorist.

Nun begann das Reinemachen. Alle, die genug wußten, um irgendwann einmal Schlüsse zu ziehen und entweder den Behörden gegenüber zu plappern oder Mijnheer mit unbequemen Forderungen zu kommen, hatten zu verschwinden. Die Terroristen waren abgehakt. Sullivan & Co. ebenfalls; wahrscheinlich war Mijnheer für dessen Ende auch noch dankbar.

Nun hatte es Filder, Gonzo und Ettore erwischt. Kein Verlust für die Menschheit. Ebensowenig wie Pattex. Schwamm drüber. Aber die drei hatten wenig gewußt. Wieviel höher auf der Abschußliste mußte er selbst stehen. Wahrscheinlich gleich hinter Lingen.

Lorre seufzte und starrte aufs Meer, das bald wiederkommen würde. Mijnheer hatte beste internationale Beziehungen; mindestens so gut und verzweigt wie das AA. Nach allem, was Lorre wußte, mußte Mijnheer auch die Diversifizierung der Geschäfte auf den Gipfel getrieben haben. Waffen und Drogen, die einzigen Sparten und Branchen, von denen Lorre wußte, brauchten nicht einmal die lukrativsten Bereiche zu sein. Und Mijnheer war immer bestens informiert. Manchmal konnte man meinen, er müsse direkte oder indirekte Kanäle nach Ganz Oben haben.

Andererseits. Lorre zuckte die Achseln und versuchte zerstreut, eine am Felsen festsitzende Muschelschale zu lösen. Eine von Millionen. Andererseits ist Bonn geschwätzig. In Kneipen werden so viele Informationen gehandelt oder verscherbelt, die nach Meinung der Hochmögenden keinen angehen und von denen keiner Kenntnis hat.

»Was mach ich bloß?« fragte er halblaut eine Möwe. Die Fähre aus Plymouth mit ihren scheußlichen Aufbauten verschandelte den Horizont. Er konnte im Moment nicht nach Bonn zurück. Ausgeschlossen. Er konnte sich ja nicht einmal telefonisch nach dem Stand der Dinge erkundigen – bei wem denn auch? Geld schicken lassen war unmöglich – dazu müßte er eine Adresse durchgeben, und Mijnheer hatte lange Lauscher. Er dankte den Göttern des Olymp, an die er so viel glaubte wie an andere, für die Erfindung der Kreditkarte.

Wo Lingen wohl steckte. Oder ob es ihn doch erwischt hatte? Unauffällig, ohne Gesicht – irgendwo eine unauffällige Leiche, an der Autobahn, in einem Gepäckschließfach, im Futtertrog des ältesten Löwen im Kölner Zoo?

Lorre schloß die Augen. Wenn Mijnheer drei Leute in Marseille umbringen lassen konnte, wieso war er dann so sicher, daß man ihn hier in der Bretagne nicht schon längst entdeckt hatte? Er öffnete die Augen, drehte sich um.

Spaziergänger. Harmlose Touristen, vielleicht auch ein paar Einheimische. Alle schienen plötzlich mißgünstig zu ihm herüberzuschauen. Mißtrauisch. Mißmutig. Mißgelaunt. Mißwollend. Das Wort gibt es nicht, sagte er sich; ein Jammer. Eine Vorläuferwelle der langsam wieder einsetzenden Flut schnüffelte am Fuß des Felsens; die Gischt, minimal, schmatzte sterbend, als ob sie sagen wollte: Ah, da bist du ja.

Lorre blickte wieder aufs Meer hinaus, atmete die warme Luft ein und begann zu frösteln.

»Wann geht's los?«

Der Adlatus blickte auf die Uhr. »In einer Viertelstunde.«

Der Staatssekretär fuhr sich mit der Rechten durchs Gesicht. »Schlimm. Ich würde viel lieber... Nun ja, es muß sein. Die Öffentlichkeit braucht einen Helden, und sei er auch noch so winzig. Wollen wir vor dem Sekt da noch einen Kaffee trinken?«

»Gern.«

»Bedienen Sie sich. Für mich bitte schwarz, wie immer.«

Der Mann, der einmal im Innenministerium gearbeitet hatte, goß zwei Tassen voll aus der *très chic* gestylten Thermoskanne, reichte eine dem Staatssekretär, nahm selbst zwei Stück Zucker aus der Schale, dann Sahne. Er rührte um.

»Netter Bericht, übrigens.« Der Staatssekretär, die Tasse am Mund, blickte auf die Boulevardzeitung, die der andere ihm morgens auf den Schreibtisch gelegt hatte.

»Feine Schlagzeile, nicht?«

Der Staatssekretär trank. »Sehr fein. ›Spediteur beim Baden ertrunken.‹ Wobei denn sonst? Bei einem Wüstenspaziergang?«

Der Adlatus leerte seine Tasse. »Jedenfalls ertrunken in der Bretagne. Ein toter Bonner, um den sich der gute Kommissar...«

»Hauptkommissar.«

»Hauptkommissar, den Sie gleich auszeichnen müssen, nicht zu kümmern braucht.«

»Ach ja.« Der Staatssekretär setzte die leere Tasse auf die Zeitung und erhob sich. »Bevor ich das vergesse... Haben Sie mal über mein Angebot nachgedacht? Was den Urlaub angeht?«

Der Adlatus nickte knapp. »Sehr nett von Ihnen. Normalerweise kann man ja nicht so schnell nach dem Umstieg und Aufstieg, aber wenn Sie es befürworten...«

Der Staatssekretär lächelte. »Lieber Mann, wenn einer es verdient hat, dann Sie. Sie haben wirklich in den letzten Monaten Gewaltiges geleistet. Ich muß in den nächsten Wochen einiges an Reisen absolvieren – Paris, Rom, Belgrad, Dublin. In der Zeit wird ohnehin nicht viel geschehen. Mir ist es lieber, wenn Sie bei Beginn der heißen Phase des Wahlkampfs wieder voll auf dem Damm sind, um mir den Rücken für dies und jenes freizuhalten.«

Der Adlatus zog einen Briefumschlag aus der Jacke und legte ihn auf die Tischplatte.

»Alles drin?«

»Selbstverständlich. Es wäre mir ganz lieb, wenn Sie es lesen könnten – falls etwas fehlt.«

Der Staatssekretär öffnete den Umschlag, der nicht verklebt war, las, nickte. »Diffuse Herzbeschwerden sind immer gut, und der Hausarzt ist echt?«

Der Adlatus grinste. »Natürlich; für alle Fälle habe ich ihn konsultiert. Mit diffusen Herzbeschwerden. Er kann da auch nichts Genaueres feststellen.«

»Gut. Ich gebe das weiter. – Ach, ich verschwinde noch kurz. Warten Sie draußen?«

Als der Adlatus gegangen war, nahm der Staatssekretär die beiden Tassen und die Schale mit Zuckerwürfeln. Zu den Vorzügen seiner neuen Würde gehörte ein eigener Hygienetrakt, wie die Sekretärin es auszudrücken beliebte. Der Staatssekretär erleichterte sich; dann schüttete er den restlichen Zucker in die Toilette, spülte die Tassen und die Schale, wartete, bis das Wasserbecken sich wieder gefüllt hatte und ging zurück in sein Büro. Die Tassen stellte er mit der Schale zur Thermoskanne, die Sahne in den kleinen Getränkekühlschrank. Das vier Tage zurückdatierte Urlaubsgesuch seines Assistenten versah er mit dem Vermerk »Bewilligen!«, paraphierte und steckte es ohne Umschlag in einen Korrespondenzstapel auf dem Tisch seiner Sekretärin. Er zog das Blatt noch einmal heraus, suchte den Eingangsstempel, stellte ihn zwei Tage zurück, stempelte das Gesuch, stellte den Stempel wieder richtig und legte ihn an seinen Platz.

Der Hauptkommissar war noch immer ganz verwirrt. Da hatte er nichts getan als seine Pflicht, und viel war gar nicht dabei herausgekommen. Nur ein erstochener Botschafter in einem Flugzeug. Es half überhaupt nicht weiter, es machte alles nur noch komplizierter. Und dafür wurde er nun dekoriert, wegen vorbildlicher Pflichterfüllung und selbstlosen Einsatzes, hartnäckigen »Dranbleibens«, wie der Staatssekretär im Auftrag des Herrn Bundespräsidenten sagte, und Beschaffens wichtiger Informationen, die dem furchtbaren Verbrechen eine neue Dimension und große Aussicht auf baldige Klärung undsoweiter.

»Pustekuchen«, sagte er kaum hörbar.

Die anwesenden Kollegen strahlten sämtlich, als ob die Ehrung ihnen gelte. Im Prinzip galt sie ja auch der ganzen Truppe, nur wofür?

Der Hauptkommissar versuchte gar nicht erst, dem Rest der gewundenen Laudatio zu folgen. Er studierte Gesichter, den interessantesten Teil der Erdoberfläche. Der Mann schräg hinter dem Staatssekretär, vermutlich dessen Referent oder so, sah schlecht aus. Grau. Hin und wieder tastete er nach der linken Brust. Armer Kerl, vermutlich völlig überarbeitet und schwaches Herz. Die beiden waren ja gerade erst auf die Posten gelangt und hatten sicherlich Berge hinterlassener Papiere abzutragen.

Als der Staatssekretär ihm etwas ans Revers steckte, etwas anderes in die linke Hand drückte und ihm dann heftig und ausdauernd die Rechte schüttelte, war er fast versucht, sich nicht zu bedanken, sondern ihm herzliches Beileid wegen

Überarbeitung auszusprechen. Aber da belaberten ihn auch schon gleichzeitig der Kerl vom Innenministerium NRW und der Kollege von der Gewerkschaft der Polizei.

Der Sekt war keine zornige Limonade, sondern echter Champagner, Moët et Chandon Brut Impérial, kühl und leicht; man ließ sich die Dinge etwas kosten. Der Hauptkommissar kam vor lauter Zuprosten und Händeschütteln und Schultergeklopftwerden kaum zum Trinken. Seine Frau zwinkerte ihm zu, strahlend.

Aus den Augenwinkeln sah er, wie der graugesichtige Mann sich krümmte, das Gesicht verzerrte. Dann hatte er ein wenig Schaum vor dem Mund und brach zusammen.

Der Staatssekretär kniete schon neben dem Mann, ehe die ersten der zahlreich anwesenden Kriminalbeamten ihren Schreck überwunden hatten.

»Armer Kerl«, sagte der Politiker leise. »Ein schwaches Herz. – Ist vielleicht ein Arzt hier?«

Es dauerte eine Weile, bis der Notarzt eintraf. Der Hauptkommissar blickte weg; er hatte die Routine schon zu oft gesehen und brauchte keine zerschlitzten Armvenen zu befragen, um zu wissen, daß der Mann tot war.

Der Untersuchungsrichter, mit dem der Hauptkommissar immer gut zusammengearbeitet und den er deshalb zu dieser Feier diskret hatte einladen lassen, beriet sich im Hintergrund mit dem Arzt. Irgend jemand begann, das Blut von der Armeröffnung wegzuwischen. Die Frau des Hauptkommissars starrte hin und hin.

Der Staatssekretär, bleich, aber zumindest äußerlich gefaßt, trat zu Richter und Arzt. Der Hauptkommissar stand nahe genug, um alles zu hören.

»Unersetzlicher Mann«, sagte der Staatssekretär. Er schüttelte den Kopf. »So wertvoll für die Republik und seine Partei. Ein Jammer. Nein, wirklich schrecklich.«

»Wissen Sie zufällig, ob er Herzprobleme hatte?« sagte der Arzt. Der Richter warf ihm einen schrägen Blick zu.

Der Staatssekretär hob die Achseln. »Er hatte ein schwaches Herz; das war bekannt. In den letzten Wochen hat er sich arg übernommen, fürchte ich. Aber es war ja auch so viel zu erledigen. Nach dem Attentat; Sie wissen schon. – Was meinen Sie denn?«

Der Arzt zögerte, blickte den Untersuchungsrichter an. Ein kaum merkliches Nicken.

»Nun ja, es sieht alles wie Herz aus. Ein...«

Der Staatssekretär hob die Hand und lächelte schwach. »Bitte keine Fachausdrücke. – Aber ich nehme an, in einem solchen Fall werden Sie eine Obduktion machen. Machen lassen.«

Der Untersuchungsrichter hustete. »Bestehen Sie darauf?«

Der Staatssekretär musterte ihn fast verwundert. »Um Himmels willen. Ich bin doch nicht Ihr Vorgesetzter. Schließlich haben wir ja zum Glück Gewaltenteilung. Nein, da mag ich mich nicht einmischen.«

»Sie sind... waren sein Vorgesetzter, nicht wahr, also im Prinzip sein Arbeitgeber. Wenn die Familie nicht...«

»Er war geschieden.«

»Ah ja. Aha. Mißverstehen Sie mich nicht, Herr Staatssekretär, aber einerseits ist strikte Befolgung der üblichen Verfahrensweisen hilfreich, wenn auch nicht immer besonders, nun ja, reizvoll. Andererseits – so viele Kriminalisten als Zeugen... Ich meine, niemand hat mit einem Blasrohr auf ihn geschossen.«

Der Staatssekretär lächelte müde. »Ich sehe, worauf Sie hinauswollen. Nein, sicher; das sieht alles wie ein jähes aber natürliches Ableben aus. Armer Kerl. Das Herz. Ich habe ihn gewarnt. – Aber das tut nichts zur Sache. Er könnte doch auch, eh, was weiß ich, vergiftet worden sein?«

Der Arzt nickte, zögernd. Der Untersuchungsrichter hob eine Braue.

»Wie denn? Ich bitte Sie! Die jungen Damen haben allen hier Sekt und Saft gereicht. Wer welches Glas bekommt ist doch der reine Zufall.«

Der Staatssekretär nickte nachdenklich. »Das stimmt. Tja. Nun also, meine Herren, wenn Sie es unbedingt von mir hören wollen: Mein Haus, das heißt, stellvertretend für die Bundesregierung, wird selbstverständlich Ihre Expertise akzeptieren und keinesfalls eine Obduktion verlangen, wenn Sie als Fachleute sie für überflüssig halten.«

»Danke sehr, Herr Staatssekretär.« Der Untersuchungsrichter deutete eine Verbeugung an. »Außerdem sind unsere Gerichtsmediziner und die Kollegen in Wiesbaden noch immer damit befaßt, die Einzelteile der Toten des Attentats, eh, zusammenzusetzen. Es wird niemand böse sein, wenn nicht noch mehr Arbeit dazukommt.«

Auf dem Heimweg, nach dem Ende des langen Umtrunks im Kollegenkreis, revidierte der Hauptkommissar seine bisher eher negative Meinung über Politiker. Der Staatssekretär hatte ihm einigermaßen imponiert – sichtlich betroffen, aber beherrscht, vernünftig, sicher. Er konnte es noch weit bringen.

»Das finde ich auch«, sagte die Frau des Hauptkommissars.

8

Der unauffällige Mann mit dem Durchschnittsgesicht trug eine schäbige, abgewetzte Tweedjacke mit Lederflicken an den Ellbogen. Ein angenehmer, ruhiger Gast; er hatte gut getrunken, ohne auch nur einmal laut zu werden. Er trank Guinness, *half pints.* Der Wirt schob ihm ein bestens gezapftes Stout hin; auf dem Schaum hätte, wie es die Vorschrift war, ein alter Penny kurze Zeit liegen können.

Lingen hob das Glas, zwinkerte dem Wirt zu, trank, wischte sich den Mund und sang den blutrünstigen Refrain eines blutrünstigen Rebellenlieds mit. Die einzige Kneipe von Knightstown auf Valentia Island war um ein Uhr früh noch geöffnet. Auf der Insel gab es keine Polizei, also auch keine Polizeistunde. Geschlossen wurde erst, wenn keiner mehr stehen konnte oder der Wirt nicht mehr wollte. Im Moment wollte er durchaus. Es war Sommer, die Jugendherberge (die aus mehreren einzelnen Häusern bestand und daher nicht kollektiv abzuschließen war) lieferte jede Menge Irland-Romantiker, die allesamt pazifistisch angehaucht waren und kriegerische Lieder grölten, weil es so irisch und überhaupt toll war, und die Bauern und Fischer der Insel grölten lächelnd mit.

Der Mann ohne Gesicht hatte sich für ein paar Tage in einem Bed&Breakfast eingemietet. Es gefiel ihm auf der Insel. Vom kleinen Hafen konnte man, mit ein bißchen Glück, zu den alten Einsiedeleien im heutigen Vogelschutzgebiet Skelligs Rocks fahren, ein paar Steinklötzchen im Atlantik, oder mit der Fähre übersetzen zur Großstadt der Gegend, Cahirciveen, wo es Zeitungen und sogar eine Polizeistation gab.

Lingens Gepäck bestand aus einem Campingbeutel und einem wasserdichten Thermo-Schlafsack der US Army. Er kratzte sich den halbfertigen Bart und trank, lauschte den Gesängen, diesmal ohne mitzusingen, und machte Pläne.

Noch einen Tag oder zwei. Es war sehr entspannend, die Luft war gut, die Leute umgänglich, das Panorama am felsigen Südwestende der Insel, wo Schafe herumkraxelten, beinahe atemberaubend. Von Cork nach Sneem war er per Anhalter gefahren und hatte Komplimente wegen seiner für einen Franzosen verdammt guten Englischkenntnisse bekommen. »Wie hieß noch dieser andere Franzose, der früher in Sneem immer Ferien gemacht hat? Überhaupt, lange nicht mehr dagewesen. Was aus dem wohl geworden sein mag? Der hatte so ne lange Nase.« Von dort war er gewandert, hatte im Freien geschlafen, die Welt und die Zeit genossen. Das Bed & Breakfast-Zimmer war eine angenehme Abwechslung, weil es die Benutzung einer Badewanne einschloß. Heißes Wasser. Beim augenblicklichen Tempo und der damit verbundenen Lebensweise, rechnete er aus, würde sein Geld reichen, um zehn Jahre erträglich zu leben. Bevor er seine Kreditkarten zerbrochen und weggeworfen hatte (in Castle Cove, mit ausgezeichneten Abfallkörben am Ufer der Bucht), hatte er in mehreren englischen Städten reichlich kassiert und, für alle Fälle, eine Spur nach Schottland gelegt. Wer das auf den Namen Hermann Burger lautende AmEx-Konto (beziehungsweise das Defizit) überprüfte, würde feststellen, daß Burger in Glasgow Bargeld besorgt und außerdem einen Flug zu den Shetlands gebucht hatte. In Irland waren die Karten nie verwendet worden.

Er machte sich allerdings keine Illusionen. Lange würde er die idyllische Wanderschaft nicht aushalten. Er hatte an die IRA gedacht, aber nur unwillig, denn er zog Abschüsse ohne aufgesetzte politische Vorwände vor, die dem Job alle etwaige Eleganz nahmen.

Cahirciveen wäre ein guter Ort, um ein Konto einzurichten. Die nächsten, bei anderen Banken, in Tralee und Dingle. Bargeld konnte einem leicht abhanden kommen. Andererseits – wenn es wirklich auf die Maschine nach New York oder Montreal ab Shannon Airport hinauslaufen sollte, was nützten ihm dann Dutzende irischer Konten?

Er leerte das Glas, klopfte auf den Tresen und ging. Gezahlt hatte er längst, jedes Glas, wie es kam. Auf einem Tisch nahe dem Ausgang hatten Gäste der Jugendherberge ein Exemplar der *Welt* liegengelassen. Heimweh, oder was auch immer, treibt die wüstesten Blüten. Er nahm die Zeitung an sich.

Sie erinnerte ihn an andere deutsche Zeitungen, die er noch in England gelesen hatte. Auf dem Heimweg zu seinem Bed-&Breakfast klopfte er sich innerlich abermals auf die Schulter, daß er nicht seinen ersten Impulsen gefolgt war. In London hatte er gezögert, sich dann dagegen entschieden. In Edinburgh war ihm ein Zufallsexemplar einer deutschen Boulevardzeitung in die Hände gefallen, das jemand im Flughafen vergessen hatte.

Da er Lorre und Mijnheer kannte, hatte er bald gewußt, wo Lorre die kritischen Tage zu verbringen gedachte. Wenn Lorre klug war. Offenbar war er klug gewesen, aber nicht klug genug. Dem letzten Gespräch nach hatte Lorre nach Südfrankreich fahren wollen. Lingen hatte die Stirn gerunzelt, aber nichts gesagt. Lorres Angelegenheiten waren Lorres Angelegenheiten, aber bei Mijnheers erstklassigen – und bekannten – Kontakten zur Unterwelt von Marseille war jeder Ort in Südfrankreich eine luxuriöse Form von Selbstmord. Und Bornholm? Niemals; Lorre würde keinen Prospekt liegenlassen, wenn er tatsächlich dorthin wollte.

Aber Lorre hatte eine alte Schwäche für Nordfrankreich, speziell die Bretagne. Irgendwann einmal hatte er Lingen von einem oder zwei Hotels in Roscoff vorgeschwärmt, direkt über der Brandung und den Felsen. »Außerdem kann man mit der Fähre nach Plymouth, wenn es mal eng werden sollte.«

Zweifellos war es eng gewesen, nach allem, was in Bonn abgelaufen war. Lingen hielt die Sache für gelungen, beinahe ein Kunstwerk mit Tricks, Gegentricks, dreifachem Boden und unsichtbaren Seilen. Außerdem lukrativ. Nur um den Maler tat es ihm ein bißchen leid; aber wen kümmerten schon Politiker oder Regierungsbeamte? Wer unbedingt hobeln will, sollte sich nicht beklagen, wenn man aus ihm einen Span macht.

In London hatte er mit sich gerungen – nach Plymouth fahren oder fliegen, die Fähre nehmen, Lorre überraschen, ein paar Flaschen Calvados leeren, alte Dinge bereden und neue Projekte besprechen. Und Zeitungen lesen. Die Nakkenhaare waren dagegen gewesen.

Sinnlose Sentimentalität. Lorre war ein brauchbarer Partner, aber es gibt Geschäfte, in denen man keine Freundschaften schließen darf. Lingen war ziemlich sicher, daß man ihn, anders als Lorre, nicht beim Baden ertränkt haben würde; er gab sich ein höheres »Überlebenspotential« als Lorre. Trotzdem. Man soll nicht in die Nebenhöhle gehen, solange nicht sicher ist, daß Dr. Löwe kein Skalpell hat.

Die Nacht war mild. Er ging an der Jugendherberge vorbei. Sie bestand aus ehemaligen Coast-Guard-Cottages; eins zum

Kochen, eins zum Waschen, eins für den *warden*, je zwei für Jungen und Mädchen, und ringsum reichlich Platz zum Knutschen für die beiden letzteren. Die einzelnen Gebäude waren überhaupt nicht abzuschließen, weil ja vielleicht nachts mal jemand aufs Klo mußte, das im Waschgebäude untergebracht war. In den Büschen, am Strand, im Graben wurde gewerkelt. Lingen lächelte, während er weiterging. Er hatte damit keine Eile; während des Jobs war Askese nötig, um Ablenkungen auszuschließen, aber der Job war gut getan. Ob allerdings die katholischen Irinnen ... Er zuckte mit den Schultern und grinste die Nacht an. In seinem Alter, mit seinen Erfahrungen kam es auf ein paar Tage nicht an.

Er schloß die Zimmertür hinter sich zu, zog sich nur halb aus, um notfalls jederzeit starten zu können – eher Gewohnheit als Besorgnis –, goß sich einen Jameson ins Zahnputzglas und legte sich aufs Bett. Die *Welt* raschelte.

Irgendwann setzte er sich auf, sagte leise »Ei verflucht« und griff in die Außentasche der Tweedjacke. Es war dies eine der seltenen Gelegenheiten. Beinahe andächtig entzündete er den Zigarillo – Davidoff Sumatra, Demi Tasse –, erster Tabak seit fast einem Monat, inhalierte, nahm einen Schluck Jameson und rollte ihn eine Weile im Mund.

Die Meldung besagte, ein seit langem in Köln ansässiger Kaufmann, Holländer, Eurasier, geboren in Surabaja, mit feiner Villa im Bergischen Land und miserablem Geschmack (einiges stand nicht in der Zeitung; Lingen/Hervé Massuard erfand die Dinge hinzu, die er geschrieben hätte), sei spät abends noch in seinem Kölner Büro gewesen, allein, und vermutlich beim Aufbruch die lange Bürotreppe hinabgefallen. Er habe sich das Genick gebrochen – »Prima Knacks allerseits« –, und da es keinerlei Anzeichen für Fremdverschulden gebe, gehe die Polizei von einem Unfall aus. Bedauerlicherweise werde sich, durch die absehbare Auflösung der

Firma, für die es keine Erben o. ä. gebe, die Zahl der Arbeitslosen in Köln um einundzwanzig erhöhen.

Schwelgerisch rauchte Lingen/Massuard zu Ende, trank ein weiteres Zahnputzglas Jameson, gurgelte, giggelte, grunzte. Er glaubte keinen Moment an einen Unfall; aber wer auch immer geschubst haben mochte, hatte den Himmel verdient. Und ihm die Rückkehr ins aktive Leben möglich gemacht.

Immer wieder kehrte er zu dieser Meldung zurück. Nun konnte niemand mehr etwas wissen. Mit einem Gefühl der Erleichterung las er den Rest der Zeitung. Erleichterung weniger wegen der nicht länger bedrohlichen Bedrohung, der er sich durch einen Flug nach Ashtabula, Timbuktu oder Ulan Bator entziehen zu können glaubte. Erleichterung, weil er wieder würde arbeiten können, statt ewig um Irland herumzuwandern, Däumchen zu drehen oder Flugzeuge zu besteigen.

Später las er, zum Vergnügen, noch einen Irland betreffenden Artikel. Darin hieß es, im Zusammenhang mit völkerrechtlichen Fragen im Rahmen der EG werde ein Staatssekretär aus Bonn Dublin besuchen, um dort an einer Konferenz sowie bilateralen Gesprächen teilzunehmen. Dem Artikel war ein Foto des Mannes beigefügt.

Lingen/Massuard betrachtete das Gesicht. Es war absolut nichtssagend, durchschnittlich, grau, nicht wiederzuerkennen. Eigentlich war es gar kein Gesicht. Er betrachtete das Foto erneut und immer wieder. Etwas ließ ihn nicht los von diesem Mann, der nach Irland kommen würde. Er wußte nicht, was es war. Er wußte auch nicht, warum seine Nackenhaare sich plötzlich sträubten.

MÖRDERISCH GUT!

TOM KAKONIS

Die Spur des Spielers 5113

Über Kreuz 5135

»Donnerwetter, das ist ein Debüt! Die Spur des Spielers besitzt alles, was den Klasse-Krimi vom Krimi unterscheidet. Bedrohung und Gewalt liegen permanent in der Luft. Plot, Dialoge, Typenzeichnung und das Talent, Thriller-Atmosphäre zu erzeugen, sind mitreißend. Kakonis muß man lesen!«

Norbert Klugmann in »Krimi«

»Action writing pur, mit punktgenauen Dialogen, gewaltgeladener Atmosphäre und dem Timing einer Höllenmaschine.«

Newmag

GOLDMANN